逆井卓馬 Author: TAKUMA SAKAI

[插畫] 遠坂あさぎ illustrator: ASAGI TOHSAKA

Heat the pig liver（第1次）

the story of a man turned into a pig.

豬肝記得煮熟再吃

風讓裙襬舞動起來，
穩穩地完成它的任務。
稍微露出樣貌的
純白布料是——
「那個，您可以再靠近我一點走也沒關係喔。」
在穿著裙子的美少女身旁，
從高度大約五十公分的地方
抬頭仰望她的豬，
明明不可能心懷不軌。

「這樣子呀。
因為描述得實在太具體了，
我還以為您喜歡這樣。」
少女笑了笑。她真是善良啊……

可以被美少女照顧的話，
這樣的轉生也不壞！

梳毛的力道也非常絕妙。
諸位。你們有一絲不掛，
暴露出自己的全部，
讓十六歲少女幫自己
洗身體的經驗嗎？

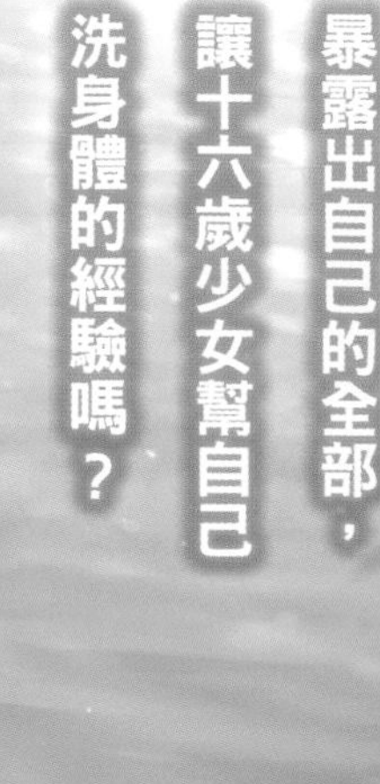

profile
種族名為耶穌瑪，能夠看透人心。對於豬妄想不斷的思考也願意羞答答地承受，是個宛如天使般的少女。被迫背負著某個殘酷的宿命。
words
「真是一隻見異思遷的豬先生呢。」
[NAME]
潔絲
profile
型男獵人，強烈反對社會大眾對待耶穌瑪的方式，看來似乎非常在意潔絲。他的存在讓豬感到非常焦慮。型男不可原諒。
words
「我來當妳們的保鏢。跟我來。」
[NAME]
諾特
Characters
the story of a man turned into a pig.

profile
於旅程途中相遇，個性內向的耶穌瑪少女。豬盯著她的腳沉浸在妄想中時，被她發現內在是人類一事。
words
「那個，潔絲小姐，那隻豬先生是妳的朋友嗎？牠好像看著我的腳想像了很多事情……」
[NAME]
瑟蕾絲
profile
曾遭到監禁的寡言耶穌瑪少女，胸部大到豬和諾特的目光都忍不住會被吸引過去。但據豬的說法，果然還是潔絲小巧的胸部比較美好的樣子。
words
「在豬先生的世界裡，胸部小的女性比較受到青睞是真的嗎？」
[NAME]
布蕾絲

[NAME]

豬

profile

原本只是個不起眼的理系阿宅，轉生到異世界後不知為何變成豬？沒有任何能力，只是旅途的包袱……還以為會這樣，卻憑藉智慧、機靈與膽量突破危機！

words

「噗噗！這已經算是獎賞啦。」

profile

諾特帶在身邊的大型犬。在戰鬥中也會與諾特合作的能幹搭檔。雖然風格宛如野狼，但十分親人。喜歡聞潔絲的赤腳。

[NAME]

羅西

Heat the pig liver

the story of a man turned into a pig.

豬肝記得煮熟再吃

（第1次）

逆井卓馬

Author: TAKUMA SAKAI

[插畫] 遠坂あさぎ

illustrator: ASAGI TOHSAKA

Kadokawa Fantastic Novels

Contents

目錄

Heat the pig liver

第一章 阿宅被美少女當豬看待會很開心

我想透過這個故事傳達給諸位的只有一件事情，就是豬肝記得煮熟再吃。我不會害人的，誠心建議千萬別想生吃豬肝。

……即使如此，還是想生吃？真頑固呢，沒辦法。為了怎麼講也不明白的諸位，我大略說明一下狀況吧。我現在渾身沾滿泥巴，蜷縮在昏暗小屋的地面上。為什麼渾身沾滿泥巴呢？因為地面是泥土。周圍都是豬，看來這裡似乎是豬圈。

倘若我的記憶正確，我應該是在車站月臺蜷縮成一團。因為腹部突然感受到一股刺痛，讓我無法站穩。對於腹痛的原因，我內心有數。

我生吃了豬肝。

在壞朋友的推薦下，我將豬肝沾了麻油醬汁生吃。口感Q彈，意外地不錯吃嘛，這就像布丁啊，布丁，是肝臟布丁——這麼想的我真是個蠢蛋。腹部像是要被咬掉般疼痛，讓我在車站月臺許願以後再也不會生吃豬肝了，神啊請原諒我吧。

到這邊為止還好。到這邊為止。

碰到這種情況，一般來說醒來時應該會在醫院對吧？我卻身在豬圈。光是腹痛，神似乎不肯

原諒我，而是將可憐的罪人丟進了豬圈。倘若不想變成這樣，沒錯，就不要有什麼吃生豬肝的念頭。

身體十分沉重，手腳沒有要動起來的意思。腹部的疼痛似乎消失了，全身卻有一種非常強烈的不協調感，我根本動彈不得，只能跟其他豬隻們一起躺在泥土上。

眼睛也不對勁。模糊的視野就當作是沒戴眼鏡的緣故吧。能見之物的情報量異常地多，泥土與豬、牧草，以及光芒照射進來的豬圈破爛牆壁，所有東西一次映入眼簾。昏暗朦朧的世界似乎連色彩都拒絕給我。泥土的氣味、糞便的氣味、牧草的氣味、生鏽的氣味，強烈的豬圈綜合香味刺向我的嗅上皮。

對不起，豬肝我一定會煮熟再吃。我說真的，我是真心悔改，所以神啊，請原諒我，請讓我脫離這個地獄。就在我這麼祈求的瞬間——

豬圈忽然變亮了起來。

周圍的豬隻宛如阿宅般發出嚄嚄的叫聲，同時站了起來。快住手，別踩我啊。其他豬隻只是稍微聞了一下我，就那樣奔向明亮的方向。

可以聽見人類女性的聲音。有個人影在光亮處現身了。

得救了！

不過，那女人看都不看我一眼。看來她似乎在餵食豬隻們，對躺在泥土上的可憐男大學生不感興趣。

我試圖發出聲音，喉嚨卻不聽使喚。倒不如說很奇怪——我的鼻孔有這麼——

就在我正要發現某個對自己致命性不利的真相時，女人走向了這邊。

「——，——？」

蹲下身的女人發出了意義不明的聲音。

救救我。雖然沒頭沒尾的實在很過意不去，但我在豬圈裡動彈不得。

我用眼神這麼訴說，試圖藉由話語傳達意思。這時我聽見從自己喉嚨裡發出的聲音。

「嗯齁！」

嗯齁。本人謹言慎行地當個不起眼的理系阿宅，卻從未使用過這樣的語言。雖然我曾數次在語尾加上「齁」，但那是故意的。這次算是我無意識地發出噁心聲音的光輝第一步吧，希望大家盛大地幫我慶祝齁。

——哎呀不得了，您不是豬呢！

沒錯，待在豬圈的生物未必都是豬。真是好險呢，因為妳的判斷錯誤，差點又有一個寶貴的生命——

我停止思考，側耳傾聽。剛才那是女人說話了嗎？

——我現在就讓您從豬圈裡出來喔。請等一下。

沒有聽見聲音。宛如話語的情報被轉換成異次元的形式，穿過顱骨直接送入腦海中一般。可以確定的是我能明白女人的想法這件事。

當我回過神時，女人不知從哪帶來了類似木板的東西，讓我躺到那上面，拉著我走。她似乎使用了類似雪橇的東西。

這時我又領悟到對自己致命性不利的真相。我的身體沒有這麼圓滾滾。我是身高一百七十四公分，體重五十三公斤，典型的瘦弱理系男生。女人推動我身體時的感觸，還有此刻躺在板子上這個瞬間的感覺——簡直就像被人用體育館的墊子捲起來一樣。簡直就像豬隻一般。

甚至能夠客觀看待自己的身體，將來會是個優秀研究者的我，一瞬間便承認了事實。

我變成一隻豬了。

怎麼，原來是這樣啊，我是一隻豬嗎？那麼這就是一場夢。等我醒來，人一定在躺在醫院的床上。問題解決了。

原來如此，原來如此，還真是有趣。反正是作夢，就來試試看我的腦袋有多麼優秀好了。

之所以這麼說，是因為豬只有兩種辨識顏色的視錐細胞。人類一般來說具備紅、藍、綠三種，也就是說，豬分辨顏色的能力比人類低落。如果到外面能看見一如往常的景色，就表示我的潛意識沒辦法那麼嚴謹地定義情境。我應該穩贏的吧。即使是我的潛意識，應該也贏不了我的意識吧。

豬露出得意的笑容，凝視逐漸逼近的豬圈出口——！

結果我輸了，展現在眼前的是不自然的褪色世界。昏暗得有些奇妙的藍天底下，彷彿被漂白劑漂過一樣的苔綠色草原映入眼簾。不過這是個好消息。看來我的大腦即使在潛意識當中，似乎也重現了豬的色覺。這個大腦的主人一定相當優秀吧。

被推到草地上，動彈不得的我宛如火腿般躺臥著。女人來到我的前方，看來她似乎是由正面觀察著我的鼻尖。

金髮……？她是金髮嗎？我尚未適應豬的感官，只能用無法形成影像的眼睛注視著女人的容貌。明亮顏色的頭髮隨風飄逸著。

如果是個美少女就好了。要是她能幫我梳洗髒亂的身體便再好不過。倘若她穿裙子就好了，畢竟從豬的角度來看，肯定無論何時都能從下方窺探裙底風光。不曉得她大概幾歲呢？是女高中生？是女高中生嗎？我優秀的大腦應該會幫忙重現出穿著迷你裙的金髮美少女高中生吧。

——對不起……那個……

在腦內轉換成清純派碧眼女高中生聲音的情報，傳達了女人的困惑。

是因為這種仍不習慣的奇妙感覺嗎？一股強烈的睡意襲向我。

我甚至還不曉得今後將有怎樣的考驗等候著自己，便進入了夢鄉。

甦醒過來時，我在床上蜷縮成一團。

我慢慢地回想起那個奇怪的夢。我變成一隻豬，被歐風美少女高中生從豬圈裡拯救出來。要是生吃豬肝，似乎會作變成豬的夢。

嗯？

我在一張陌生的床鋪上。這張床還附帶以蕾絲裝飾的頂篷，有著素雅顏色的花樣。

看來我的色覺似乎恢復了。我變回人類了嗎？但好像仍有些問題。這裡很顯然不是醫院。

我試圖爬起身，肩膀的情況卻不太對勁。為什麼手臂沒有朝旁邊伸展？我骨折了嗎……？

「您醒來了嗎？」

我轉動脖子，面向聲音傳來的方向，只見一名少女站在那裡。

「那個……您的身體狀況如何呢？」

柔順的金髮長及肩膀，穿著白色上衣搭配深藍色裙子，是個身材纖瘦的少女，年紀大約十六七歲吧。雖然有著歐風容貌，但鼻子十分小巧，也讓人隱約感受到和風的氛圍。泛黑的銀製厚重項圈獨自散發出異樣的氛圍。

雖然沒有哪裡痛或不舒服，但總覺得身體很難活動。這裡究竟是哪裡呢？——我本想這麼問……

「哼齁！」

卻發出阿宅般的聲音。

「啊……您不用勉強說話也沒關係，因為我，那個……我能明白您想說的話。」

嗯？……我還沒能恢復成人類嗎？這場夢還在繼續嗎？

少女一臉為難似的對感到混亂的我笑了笑。

「對不起……我用盡了各種方法，但還是無法將您變回人類的模樣。」

我已經搞不懂是怎麼回事了。總之我想先起床，確認目前的狀況。

我翻身想爬起來。下個瞬間，我便以四隻腳站立著，腳自然地往前進，從床鋪邊緣輕快地跳下去。

一旁有面銀框的鏡子。我急忙踢達踢達地前往那邊。

由鏡子對面回看我的，是異常乾淨的一隻豬，塊頭大概跟捲起來的棉被差不多大吧。肥美得似乎很好吃的肉體被淡粉紅色的毛覆蓋，漆黑的眼眸水汪汪地回望這邊，濕潤的粉紅色鼻子配合我的呼吸抽動著。

我一舉起右手，豬便抬起右前腳。我歪了歪頭，於是豬也同時歪了歪頭。我與豬互相凝視。

我就是那隻豬。

咦，這是什麼狀況？

我反倒冷靜了下來，緩緩地重新面向少女那邊。

為什麼我是一隻豬啊？希望妳能說明一下情況。

少女回答照理說一直沉默不語的我。

「關於您為什麼會變成豬這點……對不起，我也不曉得原因。是您誤入了我負責管理的豬圈裡。」

原來如此。不過這樣的話，這個少女為什麼能辨別出外表完全變成豬的我（原本）是人類呢？……我試圖回想時，少女的聲音打斷了我。

「您沒看見這個嗎？」

少女有些難為情似的撥起頭髮，露出項圈給我看。

銀製項圈刻著某種浮雕，散發莊嚴感。是長期配戴的緣故嗎？項圈整體泛黑，一點也不適合給人乖巧印象的少女。

「果然還是……不適合我嗎？」

事情發展至此，我確信了一點——這個美少女能看透我的心。

「那個……我是耶穌瑪。抱歉這麼晚才自我介紹，我是服侍基爾多林家的耶穌瑪，名叫潔絲。」

喔。雖然不是很懂……我是豬，請多指教。

「那個，請問豬先生出身自哪裡呢？」

少女用蘊含著困惑的聲音這麼詢問我。

I am from Tokyo, Japan. Nice to meet you, Jess!

「呃……東京……對不起，我書讀得少，不清楚國外的事情。不過，既然您不曉得耶穌瑪，看樣子您應該不是梅斯特利亞的居民呢。」

我想應該是那樣。

不，追根究柢，梅斯特利亞是什麼？這裡是哪裡？我踢達踢達地走著，尋找窗戶。雖然旁邊

就有窗戶，但憑豬的高度看不見外面。

於是少女——潔絲幫忙拿了一張較大的椅子放在窗邊。我心懷感激地爬上椅子，看向外面。

草原。草原另一頭零星散落著灰泥牆的紅瓦宅邸。遠方可以隱約看見覆蓋著白雪、崎嶇不平的山脈。彷彿南歐避暑勝地般悠閒的風景，一望無際地展現在眼前。

「要說明的話……梅斯特利亞是指這一大片連著的陸地整體，偉大的國王支配著整個區域。這裡是梅斯特利亞的南方，位於基爾多利郊外的場所，是治理基爾多利的基爾多林家的宅邸。」

原來如此……？那麼，所謂的耶穌瑪是……？

「啊，這個呀，所謂的耶穌瑪是指……擔任侍女的種族，特徵是配戴著銀製項圈……該怎麼說才好呢？耶穌瑪可以不依靠嘴巴或耳朵，與人心靈相通喔。我是服侍這個基爾多林家的耶穌瑪。」

不依靠嘴巴或耳朵，與人心靈相通——難怪她會回答我所有在內心獨白冒出的疑問。

少女與我並肩看著外頭，卻忽然看向了我。

「那個……您不用吃點什麼沒關係嗎？雖然不曉得合不合您的胃口，但我準備了一些水果在床邊。」

我看向床邊，五顏六色的水果擺放在樸素的木桌上。

嗯……我肚子不怎麼餓。現在不知何故，反倒莫名地想要被摸摸。

少女的手撫摸起我的——豬的頭，我不禁搖了搖尾巴。

只是在內心許願，就能獲得盼望的東西。

我總算理解了。我的夢境將場景轉換到了異世界奇幻篇，主角是一隻豬，女主角是讀心能力者。轉生到陌生國度的男人為了恢復成人類，在劍與魔法的世界中奮鬥！

————？

嗯？等等喔。別急別急，先冷靜下來，諸位。在展開打情罵俏的奇幻故事前，我想先確認一點。這個名叫潔絲的少女能夠讀心對吧？所以才會在豬圈發現我並不是豬，而是人類。到這邊為止還好。到這邊為止。

那麼假如，假如我在這裡看到少女剔透的肌膚，內心浮現「嘎嘎！好想撲倒她嘎！好想用豬的唾液把她弄得黏答答嘎！」的想法，也會被她給看透嗎？

少女的手忽然停止撫摸我。

「……嗯，對，是那樣沒錯。」

糟了！這樣我宛如豬一般的慾望不就暴露無遺了嗎！

潔絲露出看似過意不去的表情。

「那個……您好像希望有人幫忙梳毛，所以我在您入睡時將您的身體梳理乾淨了。服裝也是……因為我正好有，於是換上了長度偏短的裙子。對不起，我擅自探聽了您的想法……如果您是外國的客人，或許會讓您感到非常不快。真的非常抱歉。」

她反倒向我道歉了。這時我心想，這個少女是否溫柔過頭了？椅子、食物、摸摸。假如我想看她的裸體，她似乎連衣服都會脫光。

少女看似難為情地在胸前雙手合十。

「我身材乾癟，我想應該沒什麼好看的……但假如您希望的話。」

慢著。

我連忙從椅子上下來，稍微拉開距離，與少女面對面。與豬正面相對想必感覺很奇妙吧。

「不，沒那回事……」

「是……」

我大約有三點想說。聽好了，少女啊。

首先第一點。隔著衣服也能看出來，妳的胸部絕對不算乾癟。阿宅裡頭反倒有很多人偏好那樣的大小，希望妳可以放心。

「呃……謝謝稱讚……？」

接著第二點。

（我的思考除了像這樣加上括號的部分以外，麻煩妳當作不知道。）

「括號……是嗎？」

（沒錯。我想傳達給妳的事情，基本上會像這樣用括號括起來思考。除此之外的想法，就算妳能看透，希望妳也能當作沒聽見。）

不這麼做的話，我就會變得像在對話中不時夾雜齷齪發言的性騷擾老頭一樣啊。

「我並不會……放在心上呀。」

（剛才的部分是我的內心獨白，可以不用回應。）

「啊，對喔！抱歉……」

少女手摀住嘴，急忙道歉。不不，大叔才該道歉，對不起喔^_^;

在靜謐的房間裡，一隻豬與金髮美少女面對面。今天的晚餐肯定是德國豬腳。

（那麼最後的第三點。雖然我只是一隻豬，卻要講些自以為了不起的話，妳可以接受嗎？）

「呃……不要緊的。」

（妳替我做的事情，無論哪件事都十分貼心，值得讚賞。妳幫我梳洗乾淨，讓我非常開心，那件裙子也非常適合妳，裙子長度更是無可挑剔。指的是什麼我就不提了，但散發清純感的白色薄布很有妳的風格，我覺得棒得沒話說。因為好像已經穿幫了，我就坦白招供，我變成豬首先冒出的念頭，就是想要被穿著迷你裙的金髮美少女梳毛。也就是說，妳以我能想到的最棒的款待方式禮遇了我。）

畢竟這個世界似乎沒有女高中生這種概念嘛。

「女高……不，我很榮幸。」

（嗯，沒錯，妳非常優秀。可是呢，妳這樣一一實現我的願望，該怎麼說呢，那個，讓人沒有真實感。妳並不是會滿足我慾望的妖精小姐吧？無論我想要什麼，妳都沒有道理回應那些慾望。）

「不過……如果是我能辦到的事情，我想盡一份棉薄之力。」

少女沒辦法理解嗎？我的尾巴沮喪地往下垂。

（那麼，我就開門見山地講吧。）

少女將左手靠在窗框上，握住右手貼在胸前。看到她這樣實在讓人難以啟齒——但這是**我在對自己的夢提出要求**。

聰明的諸位應該能夠明白吧，溫柔的妹妹每天盡心盡力替自己做的便當，跟平常把自己當豬看待的妹妹嘴上說著「昨天謝謝你幫我完成作業……這次是特例喔！」替自己做的便當，究竟哪邊比較美味吧！不，當然兩者一定都很美味，但我絕對比較想吃後者！我不承認異議！

……我把這些話翻譯得感覺比較正經一點，在腦中加上括號。

（基於個人興趣，雖然非常過意不去，但我不想單方面地接受別人的善意。一隻豬幾乎沒有可以回報妳恩情的能力。妳對我愈是溫柔，我這邊欠妳的人情債就會愈積愈多。那種情況該怎麼說呢，感覺很不舒服。如果妳真心為我著想，希望妳只要回應我有開口拜託的事情就好了。關於這部分，我也會以豬的方式竭盡所能地來報恩。我希望妳不要為我顧慮太多，因為妳並不是我的僕人啊。）

對於阿宅特有，連珠炮似的發言，少女露出為難的表情。

「……那樣就好了嗎？」

（沒錯。反倒應該說儘管平常被當成豬一樣看待，但僅限於真的有困難時能夠得到援助，會讓我比較怦然心動。）

裸體也是，希望可以保留到關鍵時刻才展現啊。

「啊……您並不是不想看呢。」

那個，那句話是我的內心獨白。

您不覺得疲憊的話，要不要到外面看看呢──我接受少女這樣的邀約，與她一起出外散步。我剛才睡覺的地方是三樓。我們走下石階，從一樓來到後院。樓梯在二樓與廚房、在一樓與陰暗的倉庫連接著。

「我們目前所在的地方，是我侍奉的基爾多林家的宅邸南端。我平常是在這一帶生活的喔。然後那邊是農場。」

少女溫柔地對走在身旁的豬這麼說道。我們走在廣闊的草地上，前往有好幾間石造小屋並列的地方。現在似乎剛過中午，炎熱的陽光自藍天照射著背後，清爽的風感覺十分舒適。風讓裙襬舞動起來，穩穩地完成它的任務。在穿透深藍色布料的陽光與牧草的翠綠反射的光芒交錯的微弱光輝中，稍微露出樣貌的純白布料是──

「那個，您可以再靠近我一點走也沒關係喔。」

（不要緊，剛才那些話只是單純在描寫情景，我並非心懷不軌。）

在穿著裙子的美少女身旁，從高度大約五十公分的地方抬頭仰望她的豬，明明不可能心懷不軌。

「這樣子呀。因為描述得實在太具體了，我還以為您喜歡這樣。」

少女笑了笑。她真是善良啊……

（那個……我有事情想問妳，可以讓我問幾個問題嗎？）

我這麼說，於是少女看向這邊。

「可以呀。還有，我的名字叫做潔絲。請叫我潔絲吧。」

嚄嚄。潔絲妹咩～！

（我知道了。請多指教啊，潔絲。）

「請多指教喲，豬先生。」

嚄嚄！這已經算是獎賞啦。諸位有直呼金髮美少女的名字，並且被那個美少女稱呼為豬的經驗嗎？應該沒有吧，真是可憐。

不過，一旦連這類獨白全都會被聽見，反倒會覺得怎樣都無所謂了呢。變成豬的人儘管耍帥地說著什麼「請多指教啊，潔絲」，私底下卻像個豬哥一樣嚄嚄叫著，這是多麼悖謬的狀況啊！潔絲妹咩啊，這就是男人！仔細看清楚了！

（……麻煩當作沒聽見吧。）

「嗯，我差不多可以領會了。」

（太好了。那麼，可以告訴我各式各樣的事情嗎？）

「好的，請儘管開口。」

（要從哪裡問起呢……那麼，首先第一個問題。在這個國家，人變成豬這種事很常見嗎？）

潔絲露出有些嚴肅的表情。

「雖然我的見識不廣……但我想那樣的例子應該不多見。雖然有些種族會變化成像是野獸的型態，另外如果是歷史上的故事，也曾聽說過幾個徹底變成野獸的例子就是了。」

（歷史上有人變成豬的事例嗎？）

「不……不是變成豬。但據說在一百多年前的暗黑時代——魔法使們仍在戰鬥的時代，魔法使會使用他們的力量，把人變成禿鷲來當間諜，或是把人變成肥胖的海豹給予懲罰。」

魔法使、變身……聽到與潔絲認真的語調形成對比的荒謬內容，讓我切實體會到這裡的確是奇幻故事的世界觀啊。不過，無論是禿鷲或是海豹，魔法使選擇讓人變身的動物還真是瘋狂。以前一定也有變身成豬，讓美少女踩在自己身上的偉大魔法使吧。

（現在已經沒有所謂的魔法使了嗎？）

「不，有的，然而人數在暗黑時代驟減。據說在梅斯特利亞只有偉大的國王的家系，在暗黑時代戰勝到最後，是現存唯一的魔法使血統。」

（這樣的話，讓我恢復成原本面貌的方法就是……）

「實在很不好意思，但我想只有千里迢迢地造訪王都，去見國王這個辦法了。」

我啞口無言。不，雖然我已經決定身為一隻豬不該隨便從嘴裡發出聲音，即使如此，我依舊不曉得該說什麼才好。意思是我只能去與一國之王見面，「噗噗。噗噗噗——噗噗齁！（能請您把我變回人類嗎？）」像這樣拜託他，別無他法了嗎？

「那個——」

潔絲停下腳步，蹲下來與我對上視線。她稍微張開的膝蓋之間——

「我會陪您一起去喔。」

她的臉上掛著美麗且純粹的笑容。不過……

（喂喂，潔絲有潔絲的生活要過吧。）

我這麼告訴她。結果潔絲搖了搖頭。

「其實我暫時會休假一陣子，預定前往王都。」

什麼！我陷入只有國王才能治療的狀態。就在這樣的我出現時，潔絲正好預定要前往王都嗎？事情順利得宛如拙劣的情節一般。我的夢啊，拜託振作一點。

潔絲露出看似為難的表情，張嘴笑了笑。

「……這說不定是命運呢。」

噗噗。若是為了讓美少女說出這番話，我就網開一面吧。反倒應該說原諒我吧，我的潛意識啊。

（先不提命運什麼的，妳預定要去王都做什麼啊？帶著豬同行也沒關係嗎？）

「我想應該沒問題。因為只是一點小事……類似跑腿那樣。」

（到王都跑腿嗎？）

「是的。我身為治理基爾多利的豪族基爾多林家的侍女，因為工作關係要前往王都一趟。」

（帶豬同行不會損害家族名聲嗎？）

「聽說國王十分偉大且寬厚，知道原因的話，一定會助您一臂之力才對。」

無論是哪裡的王國，我想國王大致上都會被形容為偉大且寬厚吧。

（既然如此，拜託妳務必帶我同行！）

「好的！」

潔絲不知何故，看似開心地笑了笑。這景色彷彿能構成一幅畫，我大飽眼福。

不過啊，縱使對方是一隻豬，我還是覺得既然穿著裙子，就應該留意一下蹲下來的方式才對……

潔絲注意到我的視線，漲紅了臉。

「十分抱歉！讓您看了無聊的東西……」

唔嗯，如果妳那麼認為，希望妳下次可以讓我看些更有意思的東西啊。

我們來到飼養著動物的農場。放養的雞悠哉地漫步，所以我假裝要衝刺，嚇唬牠們。對於豬不講理的攻擊，雞慌張地逃跑。

膽小雞。

「請您不要太欺負牠們喔，畢竟牠們的蛋會端上基爾多林家的餐桌……」

被潔絲這麼規勸，忍不住回歸獸心玩了一下的我反省自己的行為。

（抱歉，不小心就因為豬的習性……）

潔絲對隨口說說的我露出微笑。

「下次再這樣，就換我欺負豬先生嘍。」

嚄嚄。這個少女，完全掌握到阿宅的萌點。

我們到達豬圈。潔絲一打開門，那群傢伙便嚄嚄地一擁而上。

我以豬的角度與豬隻們打了照面，牠們似乎也正用好奇的眼光觀察我。

「請您稍等一下喔。因為自從發現豬先生之後，我就沒有時間照顧牠們……」

潔絲這麼說著，以鑰匙打開附設在豬圈裡的金屬製小盒子。接著她從包包裡拿出像是淡黃色水晶的東西，放入那個盒子裡。

豬圈裡頭忽然變亮起來。

我混在豬隻們當中進入豬圈，看見用長鎖鏈繫在牆壁上的掃帚和耙子開始自行動了起來。清澈的水嘩啦嘩啦地流進水桶中。

我望向天花板。好幾盞提燈並列著，散發溫暖的光芒。並非像火焰一樣搖晃，而是宛如燈泡般維持固定的亮度。

（潔絲，這種道具會動起來，還有提燈會發光的狀況，究竟是怎樣的機關啊？）

潔絲拿著似乎裝有穀物的袋子，來到了這邊。

「這座農場是使用立斯塔管理動物們的，畢竟只憑我一個人實在無法照顧到所有動物。」

（立斯塔？）

「啊，抱歉……您是外國人，所以也不曉得立斯塔呢。所謂的立斯塔是指這種石頭。」

潔絲看似珍惜地拿出來的東西，是小石頭般大小，五顏六色的小小結晶。那些結晶都近似六角柱，有著相同形狀。

「立斯塔是偉大的魔法使每天不斷生產，為了我們這些國民流通在市場上的東西，裡面儲存著魔法之力，我們能夠以各種形式來使用這種力量喔。像是紅色立斯塔可以使用熱能和火焰的魔法，黃色立斯塔可以使用運動和光魔法這樣。」

也就是類似魔法的電池嗎？看來這邊的文明跟我以前所在的文明，似乎以相差甚遠的形式在發展啊。

（立斯塔的顏色大概有幾種啊？）

「偶爾也會有特殊的立斯塔，但主要分成五種——紅、黃、綠、藍，還有黑色。」

（黑色？是可以使用暗屬性的魔法嗎？）

我半開玩笑地詢問。結果潔絲不知何故，看似尷尬地壓低聲音。

「不，黑色是祈禱用。使用黑色立斯塔祈禱的話，就能創造出只有魔法使才辦得到的奇蹟。雖然使用者相當少，在市面上的流通率不高就是了……」

（為什麼使用者很少啊？）

「呃……這是因為黑色立斯塔只有耶穌瑪才能使用。在基爾多林家，主要是用來治療疾病和傷勢……效果會根據耶穌瑪祈禱的強度產生變化，所以無法按照一般人所想的那樣發揮效果的狀況似乎也很常見呢。」

是這樣嗎？可以算是外掛太強而被削弱的道具嗎？

「那個，豬先生，這個工作很快就會結束。請您稍微，那個……像豬一樣地玩耍吧。」

噗噗。她以不習慣的態度，試圖把我當成豬對待的那種服務精神令人感動！

潔絲巡視豬圈，用熟練的動作解鎖盒子，將立斯塔放進裡面，然後又上鎖。立斯塔一放進盒子後，農具就會在豬圈裡自動地動起來，進行打掃和餵食豬飼料。真有趣。我暫時跟在潔絲後面巡視豬圈，眺望被自動化的豬圈管理。

「在自動幫忙結束之前，會花上一段時間。這段期間能請您陪我去購物嗎？」

（當然好。要我幫忙拿東西還是什麼都行喔。）

潔絲露出微笑。

「那麼，請您稍等一下，我去拿錢過來。」

她這麼說著，跑向我們剛才待的房間那邊。

立斯塔嗎？真有意思。

我在潔絲的帶領下來到街上。人們穿著阿爾卑斯村民般的服裝，在石板路上來往交錯。馬匹的嘶鳴、狗叫聲，以及馬蹄彷彿響板一樣的輕快聲響響徹周圍。帶著豬上街沒關係嗎的疑問早已消除，街上四處可見獸類。雖說是異世界，卻沒有什麼稀奇古怪的魔物，無論哪隻動物都是我知道的生物。

就好像誤闖以中世紀歐洲為舞臺的電影場景，總之所見所聞都充滿樂趣。為了避免走失，完全是為了避免走失，我緊貼在潔絲身旁前進。

潔絲穿著繡有巨大紋章的緊身胸衣。

（那件緊身胸衣是防盜用的嗎？）

我半開玩笑地詢問。結果潔絲面帶微笑地點了點頭。

「是的。只要有基爾多林家的紋章，就不會有人想要襲擊我。」

基爾多林家究竟擁有多大的權力呢？

（妳必須擔心可能會遭到某人襲擊嗎？）

「不，一般來說是不用擔心……但今天狀況有點——」

潔絲含意深遠地中斷了話語，繼續前進。

（妳今天預定要買什麼？）

「呃……很多東西。」

總覺得她愈來愈支支吾吾了啊——我這麼心想，同時跟隨潔絲繼續前進。

現在是中午時刻嗎？在露天座位用餐的人們十分醒目。明亮的小巷洋溢著生氣。

「喂——潔絲，差不多到了採購的時候吧？」

這麼向潔絲搭話的是一個體格壯碩的大叔。他站在特別大間的石造店家前，是個將稀薄的金髮後梳並蓄著小鬍子，感覺相當和善，年約四十出頭的男人。他身旁隨侍著幾個手持重型槍枝的年輕人，打開裝有立斯塔的展示櫃。

「午安！下次再麻煩您了。」

潔絲這麼說，繼續前進。

（剛才那是販售立斯塔的店嗎？）

「是的。」

（還真是全副武裝啊。）

「因為立斯塔非常昂貴。」

原來如此，所以在豬圈也會把裝有立斯塔的盒子上鎖啊。

不斷前進後，潔絲走進了可疑的後巷。狹窄且曲折的道路夾在左右兩邊的牆壁之間，十分陰暗。與明亮且有許多行人的大馬路形成對比，這裡的氛圍就像是黑市，眼神凶狠的男人們擺著小型的地攤。周圍飄散著腐爛氣味，顯然是個危險的場所。

（潔絲，這裡是安全的場所嗎？）

——只要有這件緊身胸衣就沒問題。

潔絲沒有發出聲音，用心電感應這麼告訴我。

她一邊東張西望地環顧周圍，一邊沿著陰暗的後巷前進。

（妳該不會是要在這裡買什麼東西吧。）

——因為種種原因……拜託您了，請您陪在我身邊。

潔絲在胸前握緊右手的拳頭。

「耶穌瑪小姑娘。」

一個體型偏瘦、左眼有刀疤的男人開口向潔絲搭話：

「妳該不會是需要這個吧？」

他手上拿著黑色立斯塔。令人驚訝的是，潔絲竟然看向那個男人，微微點了點頭。

刀疤男是想讓我們感到安心嗎？只見他眼歪嘴斜地擠出笑容。

「是偷偷來買東西的嗎？黑色立斯塔三個四百金幣。」

「咦，這麼便宜……」

「哎呀，看來妳是第一次光顧。怎麼樣啊，要實現願望的話，這樣就足夠了。在其他地方沒辦法用這個價格買到的，很划算喔。」

「可是對不起，我沒有四百金幣。一個就可以了。只買一個的話是多少錢呢？」

男人露出看似意外的表情。他瞇細沒有刀疤的那隻眼睛，凝視潔絲的緊身胸衣。

我沒有看漏男人在那一瞬間稍微緊繃起來的表情。

「一個的話是一百五十金幣喔，小姑娘。」

「這樣子嗎，一百五十的話……」

男人只歪了歪嘴奇妙地笑著，默默地看著潔絲。

不，等等。不對勁喔。諸位知道是哪裡不對勁嗎？我不是在說四百除以三的話是一三三．三三……這類事情。

男人看到潔絲，一邊稱呼她「耶穌瑪小姑娘」，一邊秀出黑色立斯塔給她看。從男人「是偷偷來買東西的嗎？」這句話來看，此處應該是一般而言「耶穌瑪偷偷來買黑色立斯塔的場所」。

那麼，這裡有一個疑問。

立斯塔是非常昂貴的東西——潔絲如此向我說明了。追根究柢，男人為何會想要把這樣的立斯塔**三個一組**賣？更何況還是賣給偷偷來買的少女。實際上，潔絲說了只要一個就可以，看來沒必要買三個。明明是偷偷來買，這麼昂貴的東西會有人一次買三個嗎？是因為潔絲在有錢人家工作？不，男人在凝視緊身胸衣之前似乎沒注意到這一點。如此一來……

（潔絲，我有些事想跟妳談談。跟我來。）

——咦？

我嚄嚄叫了一聲，在後巷裡猛衝。

「對不起，我之後再來！」

從後方傳來潔絲的聲音。我不斷奔跑，穿過後巷，來到開闊的草原。

潔絲氣喘吁吁地追上了我。

「那個……究竟是怎麼了呢？」

（嗳，潔絲，妳是第一次來這裡買東西對吧？）

「對，是第一次。」

（妳需要黑色立斯塔對吧。妳說過黑色立斯塔是耶穌瑪專用，用來祈禱的。希望妳可以告訴我一件事，祈禱一次需要幾個立斯塔？）

潔絲一邊調整呼吸，一邊認真地回答我。

「一個。因為裡面含有充足的魔力，使用一個立斯塔無法實現的願望，不管使用幾個立斯塔都無法實現。」

這樣啊。

（會有實現願望之後，魔力仍有剩餘的狀況嗎？）

「會，大多會剩餘呢。」

結論出來了。

（潔絲，不可以跟那個男人買立斯塔。）

「咦……為什麼呢？」

（我很認真地思考過了。那個男人一開始打算把立斯塔三個一組出售對吧？想把昂貴的立斯塔這樣賣給偷偷來買東西的耶穌瑪少女。）

「嗯，是這樣沒錯……」

（妳說黑色立斯塔只要一個就足以實現願望了對吧。但那應該是因為潔絲使用的是**真材實料的**立斯塔吧？）

「咦？」

（妳還記得那個男人說過的話嗎？他說『三個四百金幣，要實現願望的話，這樣就足夠了』。）

「對。的確，有三個立斯塔的話，可以實現好幾個願望。」

（妳不能那麼善意地解釋。那句話是說有三個立斯塔的話，說不定可以實現一個願望。那些立斯塔全都是別人用過的殘渣喔。）

「咦……？是這樣子嗎？」

（妳仔細想想。貧困的耶穌瑪，而且是想要偷偷買到黑色立斯塔的耶穌瑪，一般是不會到大馬路上的店家購買黑色立斯塔的吧。）

「我想是那樣沒錯。再說，會將立斯塔交給耶穌瑪管理的，在這個鎮上也只有基爾多林家吧。」

（如此一來，大半的耶穌瑪應該都不曉得黑色立斯塔原本具備多少魔力，說不定會認為要有三個才勉強能實現願望。）

「的確……」

（因為他平常一直像那樣三個一組賣，所以一開始也想一次賣三個給潔絲。證據就是潔絲說只要一個就可以時，那傢伙的表情。他露出似乎很意外的表情，想看清楚妳緊身胸衣的紋章。然後看到紋章時，他露出了內心感覺不妙的表情。）

「這麼說來，當時我也感受到他內心覺得不妙……雖然他很快就掩飾過去了。」

（我想也是。因為他發現自己面對的是使用過正牌黑色立斯塔的耶穌瑪。剛才可是他販售中古貨來賺錢一事可能會被領主發現的危機啊。）

「原來是這麼一回事呀……難怪會這麼便宜。」

（一般來說，一個要多少錢啊？）

「在我平常光顧的店家，一個要六百金幣。」

呃，妳應該要在那時就察覺到事有蹊蹺吧……

「對不起，因為懷疑好心向我搭話的人，實在令我過意不去。」

（啊，不，剛才那是沒有括號的內心獨白。無視那句話吧。）

「啊，對喔，抱歉……」

清爽的風吹過杳無人煙的農道。雖然我早就知道潔絲是個老好人，卻沒想到她老實到這種地步。要是沒有人保護，轉眼間她就會被壓榨得一乾二淨吧。還是說，她正以現在進行式遭到壓榨呢？耶穌瑪這個侍女種族，該不會……

不，不可能吧。

「那個，豬先生，謝謝您救了我。」

（別放在心上。）

「要是沒有豬先生在，我差點就把所有的錢都拿去買中古貨了呢。」

（是啊。倘若有人跟妳說什麼這個很划算，妳便必須多加留意才行。因為那些傢伙的目的並非讓潔絲獲利，而是使自己想大賺一筆啊。）

「我學到一課了。」

潔絲蹲下來撫摸我的頭。甚好甚好。

這時，一個根本的疑問浮現出來，然後討厭的是總覺得我好像隱約知道答案。感覺很不舒服。直接問清楚吧。

（……話說回來，可以問妳一件事嗎？）

「嗯，請儘管說。」

（說到底，為什麼潔絲想要偷偷購買黑色立斯塔啊？）

潔絲停下撫摸我的手，看向我的眼睛。

「那個……不能當作祕密嗎？」

就算不是耶穌瑪，我也知道潔絲在想什麼。

（我一直覺得很不可思議。還在豬圈的時候，我聽不懂潔絲說的話，視野也很奇怪，甚至無法好好地走路。我沒辦法適應豬的身體。但現在大不相同。我能像這樣理解潔絲說的話，視野也很正常，能夠穩穩地用四隻腳走路。簡直就像奇蹟。妳曾說過妳用盡了各種方法，我一直在想妳是怎麼辦到的。）

「對不起，如果讓您感到不快……」

（我不會感到不快啦，我沒道理那麼覺得。但麻煩讓我確認一下。潔絲妳為了偷偷治療我，擅自動用了基爾多林家的黑色立斯塔對吧。）

「……是那樣沒錯。」

（所以妳才必須用自己的錢去補充那個。）

「是的……畢竟我才剛擅自使用宅邸的升降機，被斥責了一頓。升降機很耗費立斯塔，所以沒辦法說一句『我擅自使用了』就了事……但我手邊已經不剩足夠買正牌立斯塔的錢……」

又解開一個謎題。

（妳說升降機……簡單來說，就是在家裡上下移動，把東西搬運到高處的裝置對吧。）

潔絲似乎察覺到我的靈光一閃。她面向下方。

「對不起……我擅自……」

因為八成會把潔絲逼入絕境，我不打算追問。但我一直很在意潔絲是怎麼把在豬圈倒下的我搬到三樓的？光憑潔絲的身體，根本沒辦法把一隻壯碩的豬抬起來搬運。為了讓我躺到床上，她用了什麼辦法？就是擅自使用升降機，將睡著的我移動到三樓。

然後挨罵了。

（謝謝妳啊，潔絲。）

望著我的潔絲淚眼汪汪。真是個溫柔的少女啊——我這麼心想。她實在太過溫柔、太過善良，我已經承受了身為一隻豬怎樣也回報不完的恩情。

憑這副豬腳就連想摸頭也辦不到，我只能眼巴巴地注視著少女的淚水。

為什麼要哭啊？是為了我做出不好的事情，覺得那樣對我過意不去嗎？真傻呢。

（我說啊，潔絲。從在豬圈醒來到現在這個瞬間為止，我在妳的行為中找不到任何汙點。妳十分堅強、善良而且純粹。若要說妳犯了什麼錯，頂多就是跟變成豬的人類這種麻煩的生物扯上關係一事吧。）

「才不是什麼麻煩……」

潔絲筆直地注視著我。她有著漂亮的褐色眼眸。

（潔絲沒有做錯什麼。我並未感到不快，所以妳沒必要哭泣啊。就當作是為了我，求妳別露出那麼悲傷的表情。）

潔絲一聽到這番話，便用袖子擦拭淚水，對我露出笑容。

她總算笑了嗎——我正要鬆了口氣時，猛然察覺到一件事。不對。潔絲只是回應了我的願望而已。

因為我拜託了她，她才對我露出笑容。

不能就這樣坐視不管，我必須回報潔絲的恩情才行。

（噯，潔絲，只要有一個黑色立斯塔就行了吧。）

潔絲點了點頭。

（急著要嗎？）

「嗯，如果沒有在啟程到王都前準備好……我會變成小偷，遭到追捕。」

所以才會挑這種時候到後巷那裡嗎？

（妳什麼時候要出發前往王都？）

「其實……就是明天。我預計會在明天早上出發。」

（明天？）

這還真是……只能說時機實在太不湊巧了。

（既然這樣，便只能賭一把了。只能去潔絲平常購買立斯塔的那間店了吧。要想辦法在今天之內獲得正牌的立斯塔。）

「可是……要在那間店購買的話，需要六百金幣。我現在實在拿不出那麼多錢……」

（妳現在有多少？）

「兩百金幣和一點零錢。」

（不夠的四百金幣大概是多少價值的金額啊？）

「該怎麼向外國來的客人說明呢……要舉例的話，這麼說好了，大概就跟一般人受僱二十天期間的薪水差不多。」

唔唔，真絕望啊。我們需要六百，但現在只有兩百。能想的辦法只有兩種吧。看是要把這邊的數字變大，或是把那邊的數字變小。

（後巷那個刀疤老頭本來打算用四百金幣出售對吧。既然如此，表示其他耶穌瑪會設法湊齊四百金幣。其他人是怎麼籌錢的，妳心裡有底嗎？）

潔絲移開視線。

「那個，賣——」

我沒聽清楚。

（妳說賣什麼？）

——生殖器。

潔絲用心電感應這麼告知。

她是不好意思說出口吧。真是惹人憐愛。

（也就是賣身對吧。）

「嗯……也可以那麼說。」

我看向潔絲害羞的表情。這個國家的語言表現方式相當直接呢。

（不行不行，不能讓潔絲做那種事。）

我一邊踢達踢達地揮動著豬腳，一邊在草地上四處走動，思考起來。

（用來治療我的立斯塔，那個用光了嗎？）

「是的，對不起……就在我嘗試各種方法的時候……」

（用不著道歉，我們一起想辦法吧。妳身上有沒有什麼比較值錢的東西？）

潔絲看似不安地握住右手，貼在胸前。

「對不——不。我想應該只有現金，兩百金幣和一點零錢。另外就只剩……我的身體。」

這樣啊。只能做好覺悟了嗎？

（潔絲，妳有「殺價」的經驗嗎？）

「殺……？」

果然沒有啊。畢竟她就像隻專門供人宰殺的肥羊嘛。

（潔絲平常都是在那間店買立斯塔的吧。）

「是的。」

（而且一直用定價持續購買。）

「對，因為價格是固定的，這是當然……」

（也就是說，對那間店而言，潔絲是老主顧，老闆說不定會願意稍微打點折扣。）

雖然前提是那個大叔得是個相當好心的老好人啦。

「不過，請對方降價的話，會讓平常關照我的店家虧本。」

是那樣沒錯啦。

「那樣實在太過意不去了，我辦不到……」

（可是對方應該也因為有潔絲這個顧客，獲得了很大的利益才對。說不定他也想稍微給潔絲一點優惠呢。）

「……是這樣嗎？」

（對，沒錯。總之先去店裡看看吧。）

潔絲緩緩地點了點頭。

她朝著大馬路邁出步伐。我一邊走在願意相信我的善良少女身後，一邊擬定計畫，同時小心地避免被潔絲察覺到。

諸位應該也明白吧，願意把要價六百金幣的物品降價到兩百金幣的傢伙根本寥寥無幾，所以必須進行交涉。畢竟潔絲擁有的值錢物品除了現金和她的身體之外，還有一樣東西。

「潔絲！妳已經要回去了嗎？」

大商店那個體格壯碩的大叔再度向潔絲搭話。

「嗯，差不多要回去了……」

潔絲有些忐忑不安地走向展示櫃那邊，我也並肩走在她身旁，抬起頭窺探展示櫃裡面。紅、藍、黃、綠……五顏六色的立斯塔並排著，最邊邊擺放著黑色立斯塔。

（噯，潔絲，我在妳身旁。妳按照我說的推進話題。沒問題嗎？）

潔絲看向這邊，輕輕點了點頭。可以由表情看出她的不安。

店主大叔無法聽見從豬的腦內針對潔絲發出的話語。大叔瞥了我一眼之後，便對我不感任何興趣。

（首先開口說妳想要黑色立斯塔。）

——好。

「那個，我個人想要一個黑色立斯塔。」

店主的反應跟我預測的任何狀況都不同。

「又要一個？我之前應該才剛賣了一個給妳吧。」

這是怎麼回事啊？我沒聽說喔。

「那個，我又需要用到一個了。能請您賣給我嗎？」

店主的表情變得凝重。

「呃，是可以啦，但要六百金幣喔。妳靠自己付得起嗎？」

現在沒空在意細節，必須給潔絲意見。

（老實地說出妳有多少錢。）

「其實我只剩兩百金幣了……」

「兩百金幣？剩餘的四百金幣妳要怎麼辦啊？」

嗯，果然是這種反應呢。

（跟他說妳無論如何都需要，能不能算便宜點。）

「我無論如何都需要，能請您算便宜點嗎？」

店主茫然地露出愣住的表情。

「呃，這樣我很傷腦筋喔。這並不是在幫基爾多林家採購對吧？為什麼我得把東西便宜賣給耶穌瑪啊。」

我感到震驚。這是很明顯的種族歧視。看來就連這個似乎很親切的大叔，都沾染上令人作嘔的耶穌瑪歧視。

「那個……對不起，我……」

潔絲彷彿隨時會哭出來似的畏縮起來。老實說，店主的種族歧視在我的意料之外，但潔絲會變成這樣則是計畫的一部分。

抱歉啊，諸位。因為用內心獨白思考可能會被潔絲察覺到，我一直瞞著諸位，在腦海的角落隱約思考著某個計畫。

（不要緊的，潔絲，說妳要賣掉站在這裡的豬。）

——咦？

（把我賣掉。用兩百金幣和我來購買立斯塔吧。）

——可是……

（不要緊，我不是普通的豬，相信我。我一定會想辦法找機會逃出去的。所以開口說吧。**這也是為了我**，行動吧。）

這是潔絲一定會點頭的必殺臺詞。

「那個……除了兩百金幣外，再加上這隻豬也送給您。這樣可以賣我黑色立斯塔嗎？」

店主挑起眉毛看向我。

「那不是基爾多林家的家畜嗎？不行啊，我不能買。」

（跟他說這是一隻會表演特技的豬。）

「那個……這隻豬先生會表演特技。」

「特技？」

（這隻豬不是偷來的，而是潔絲把原本會因為減量而遭到殺害的豬偷偷撿回家，從小豬時期飼養到現在，所以才會表演特技。可以秀一手。這麼跟他說吧。）

「這是我將原本要減量撲殺的小豬偷偷撿回家養大……不是偷來的，所以才會表演特技……要不要表演給您看看呢？」

店主又看向我。我回望著店主。他一定覺得我是一隻很有膽量的豬吧。店主的眼神變了。

「哦，是妳教了牠特技嗎？秀一招讓我看看吧。」

「我……我知道了。」

（我不曉得要做什麼才好。妳問店主想看我表演什麼。）

「那個，請問您想看些什麼呢？」

「……這個嘛，那麼，讓牠跳舞看看吧。」

齁。一開始便來了這麼困難的要求。不過算了，就跳給他看。

（裝出命令我的樣子。）

「豬先生，跳舞。」

呼。十九年來一直生活在陰涼處的瘦皮猴眼鏡仔——生活跟跳舞這種閃亮亮運動無緣的我，就在這裡讓大家觀賞一下我精彩的舞蹈吧。

那麼，音樂，開始播放吧！

我反覆彎曲四肢，讓身體上下移動，刻劃出規律的節奏。我像在打節拍似的跳躍，像在追逐自己尾巴似的不停轉圈，又讓身體咻咻地搖晃起來。

「噗……」

我瞄了一眼。是我的舞蹈太精彩了嗎？店主大叔彷彿隨時會噴笑出來，他的臉紅通通的。我看向潔絲，只見她也用手摀住嘴，微微晃動著肩膀。

我的舞蹈似乎華麗到讓人說不出話。使人感到幸福真是快樂啊。

我一邊在腦內播放著動畫歌曲，一邊起勁地表演獨創的舞蹈。

「不……已經夠了……讓牠停下來吧……我沒辦法呼吸了。」

店主眼眶浮現淚水，如此說道。看來這支舞蹈似乎精彩得甚至會讓人倒抽一口氣，感人萬分。

「豬先生……已經可以了……」

我最後來了個跳躍，抬起左後腳，擺出帥氣的姿勢結尾。

「噗呼——！」

大叔發出奇怪的聲音，噴笑而出。

張開大嘴狂笑一陣子後，他氣喘吁吁地說道：

「太棒啦！棒呆了啊！嗳，潔絲，妳說要把這孩子賣我嗎？」

喔，看來行得通耶。

（說對。）

「……對。」

大叔是心情變很好嗎？他轉頭看向擔任保鏢的年輕人們。

「嗳，你們看到沒，剛才的動作！就好像受傷的赫庫力彭啊！」

年輕人們表示同意，紛紛笑了起來。怎麼回事啊？雖然是我不知道的詞彙，但他的講法像是把我當傻瓜喔。

「哎呀，太感動了。嗳，潔絲，這傢伙也會聽潔絲以外的人說的話嗎？」

（肯定的。）

「是的。我想應該……沒有問題。」

「是哦——這樣啊，那麼豬，跳躍。」

我彎曲膝蓋，輕快地跳起。大叔他們再度爆笑。

「哦，這隻豬挺聰明的嘛。」

欸嘿。承蒙讚賞，深感榮幸。

「潔絲，不用錢了。就用這傢伙交換黑色立斯塔。」

「……咦？」

想不到這大叔居然這麼大方。

「就是交換啊。其實我要在今晚的祭典中演出節目。我總覺得只要利用這隻豬，一定能大賺一筆。」

今晚嗎？這樣一來，感覺到半夜都沒有機會逃脫。既然他願意免費跟潔絲交換，便表示他對我有很大的期待，在祭典開始前，我八成會一直被嚴密看管著。況且萬一我逃了出去，他回不了本的話，大概會找潔絲發洩虧本的憤怒吧。

「那個，我也想參加那場祭典。」

————！

（喂，等一下，這麼一來——）

「這是我一手養大的豬先生，我想看看牠活躍的場面。我會免費幫忙打雜。怎麼樣呢？」

啊啊，她說出來了。如果我在潔絲待在附近的狀態下逃出去，潔絲不就會第一個遭到懷疑嗎？唔唔……真希望她別擅作主張。

……不過，我也是沒獲得潔絲同意，便擅自讓她推進話題，或許可以說我們扯平了吧。畢竟我推測潔絲如果被逼入絕境，便只能聽從我的建議，故意往潔絲會感到困擾的情境交涉。

因為不這麼做的話，潔絲應該不願意賣掉我。

大叔開口說道：

「喔，當然好啊。但基爾多林家的工作不要緊嗎？就算是我，要是得罪了他們，也會沒辦法繼續做生意。」

「不要緊的……那個，因為從今晚起會有代替我的耶穌瑪前來。」

大叔露出猛然一驚的表情。

「……這樣啊，已經到了那種時期嗎……」

那聲音聽起來有點寂寞。

「所以妳才要賣掉豬啊。好，我知道了。來吧。日落後馬上就會開始。」

「謝謝您！」

「我會找外場的工作給妳，好讓妳看得見舞臺。妳會倒酒嗎？」

「沒問題。」

「好。那麼妳就在日落之前，來聖堂前的廣場吧。」

大叔用掛在皮帶上的鑰匙打開展示櫃。

——豬先生，對不起……我自作主張了……

（不，不要緊，沒問題的。只不過潔絲別幫我逃走，我會一個人在半夜逃脫。要是他們懷疑起潔絲就傷腦筋了。）

——不要緊嗎？

（嗯。妳以為我是誰？）

我可是四眼田雞的瘦皮猴混帳處男喔，被人小看就傷腦筋了呢。

——那我們在祭典上再見吧。

（說得也是。）

「拿去吧，這是餞別禮。」

大叔這麼說，將黑色立斯塔交給潔絲。

「謝謝您，幫了我大忙……那麼，我把事情處理完再過來喔。」

看似不安地瞥了我一眼後，潔絲便離開現場，到宅邸那邊去了。

「那麼豬先生啊，不好意思，要請你戴上項圈啦。」

大叔將不知何時叫保鏢拿來的皮革項圈套到我脖子上。項圈上繫著鎖鏈，另一頭由擔任保鏢的年輕人握著。

嗯，很不妙。

套著項圈的話，不就逃不掉了嗎？

關店之後，我在被繫著的狀態下沿著石板路前進，被帶到大型廣場上。圓頂的巨大建築物前並排著木製的樸素長椅和長桌。這裡應該就是大叔說的「聖堂前的廣場」沒錯吧。我被帶到並列著大型木桶的一個角落，用鎖鏈繫在像是扶手的東西上。鎖鏈牢牢地固定在我的手——應該說是腳碰不到的地方，兩端還相連成圓圈狀，即使我再怎麼亂動也掙脫不掉吧。

因為無事可做，我試著思考。

我總覺得潔絲似乎撒了一個很大的謊言。

首先，她瞞著我最近曾經買了黑色立斯塔這個事實。

——那個，我個人想要一個黑色立斯塔。

——又要一個？我之前應該才剛賣一個給妳吧。

我想起剛才的對話。立斯塔店的大叔提到的「之前」那次消費，聽起來也並非幫基爾多林家採購，而是潔絲個人的購物。假如是因為沒必要提起而沒說，我倒也不能說什麼。但在談論怎麼籌錢買立斯塔時，她為何沒提到之前已經買了一個的事情呢？

——但我手邊已經不剩足夠買正牌立斯塔的錢……

我想起潔絲說的話。現在仔細一想，她那種說法也能解釋成已經自費買過一次了……唔唔，總覺得哪裡有疙瘩。

還有，她跟立斯塔店大叔的對話不會很不自然嗎？大叔把潔絲「代替我的耶穌瑪會前來」這句話解釋成彷彿要永別了一樣。像是「已經到了這種時期嗎」、「所以才要賣掉豬啊」、「這是餞別禮」之類的……

潔絲只是去王都幫忙跑腿吧？她會暫時休假一陣子，去幫忙跑腿一下——潔絲這麼說過。那麼，大叔的反應是什麼意思啊？

內心的疙瘩讓我感到鬱悶。

諸位曾經見過理系阿宅，而且還是瘦皮猴眼鏡仔嗎？才心想他看到萌系動畫在科科笑，但一碰到自己看不順眼，或是不合理的事情時，便會突然滔滔不絕地講起複雜的話題——就是這樣的人種。說不定也有人有自覺呢。有自覺的話，我們來握個手吧。我也是同伴。

來到異世界，有美少女隨侍在身旁，卻在煩惱錢的事情和立斯塔店大叔的反應，這說不定很荒謬。但感到在意的事情就是會在意，這便是我的性格。

鐘聲鐺鐺響起，似乎是從聖堂對面的塔傳來的。回過神時，夕陽已然西斜，人們正準備在廣場上設置火把。

倘若要嘗試逃脫，就必須先觀察清楚周圍的情況吧。我讓鎖鏈發出鋃鐺聲響，在能活動的範圍內四處走動。

位於附近的大型木桶看來是酒桶，一靠近便會聞到濃郁的酵母味，大概是啤酒吧。木桶有著金屬製的龍頭，設計成可以直接倒酒的構造。我發現之前在大叔身邊擔任保鏢的年輕人們在這一帶搬運著馬克杯。這裡似乎是大叔掌管的攤位。

年輕人們接著在我附近開始堆疊起裝有玻璃瓶的大量木箱。我目擊到年輕人拿出一瓶酒，以舌頭舔了舔嘴唇的瞬間。瓶子裡裝著深褐色的清澈液體，應該是蒸餾酒之類的吧。木箱裡裝著木屑當作緩衝材。

要逃走的話，必須排除兩個障礙才行。首先是物理上的障礙。要是不請人拿掉繫在我脖子上的這條鎖鏈，我便無法獲得自由。再來是人群障礙。畢竟即使在眾目睽睽之下逃走，想必也會立刻被抓起來吧。

我每走一步，鎖鏈就鋃鐺作響，十分引人注目，所以我盡可能保持安分，尋找方法。不只是酒類的攤位，其他也有幾處點燃了火焰，擺放起盤子，開始進行準備。看來似乎是一場挺大的祭典。

日落時分，潔絲來到廣場。她並未穿著緊身胸衣，而是一襲荷葉邊女侍裝的打扮。她似乎很習慣這種裝扮，那套衣服非常適合她纖細的身體。要是被這樣的她稱呼一聲主人，無論是多麼理性的男人，肯定都會像隻豬一樣嚄嚄亂叫——就在我這麼觀察時，發現不知何故，潔絲的腹部一帶扭曲地膨脹起來。潔絲一找到我，便立刻飛奔到我身邊，撫摸我的頭。

——啊啊，我很擔心您喔。要是一個不小心，您已經變成烤肉串的話該怎麼辦才好……

（妳在說什麼啊。我沒事的，放心吧。）

正當我這麼說時，飄來了一陣香噴噴的味道，我隨即看向上風處，只見人們似乎在大型篝火上烹調著豬肉。原來如此。肚子餓了呢。

——我也在想您可能會餓，所以帶了水果過來。請用吧。主……主人。

嚄！嚄嚄！

呃，可以不用發揮這樣的服務精神，每次都回收我立的旗標啦……

就在我思考著這些事情時，潔絲窺探周圍之後，將手伸進領口，拿出兩個較小的蘋果放在我面前。她怎麼會放在那種地方啊？

——十分抱歉。因為我急著出門，又找不到籃子裝……情急之下就放進衣服裡面了……

（不，沒關係。謝謝妳。）

從少女的衣服底下冒出來的兩個嬌小稚嫩果實。豬伸出牠骯髒的舌頭——！

——呃，那個，味道如何呢？

（哎呀，這個真好吃呢。感恩。）

轉眼間我就吃完了。雖然不曉得是否因為變成豬的關係，但我注意到時，已經連蘋果核都吃掉了。

潔絲神經質地不斷撫摸著我。

（別擔心。逃脫就交給我。潔絲反倒應該為了製造不在場證明，離這一帶遠一點啊。）

——沒問題嗎？

（嗯，一定可以順利進行的，所以先決定好碰面場所吧。）

——碰面場所嗎？

（潔絲在這場祭典後，會回到基爾多林家嗎？）

——是的。因為我必須準備旅行要帶的東西。

（那麼，就約在那個農場如何？）

——嗯，我無所謂。但您知道路嗎？

（我大概知道方向。而且也沒有其他那麼大間的宅邸了吧？）

——是那樣沒錯呢。農場有一棵大樹，就約在樹下碰面如何呢？

（大樹是吧。我知道了。）

——要約什麼時候碰面呢？

（不曉得，大概會是半夜吧，運氣差的話便是早上了。潔絲明天要出發對吧？就好好睡一覺吧。我打算在早上日出前到樹下。假如日出了我依舊不見人影……屆時麻煩妳來大叔的店裡看一下情況，我會在那裡告訴妳新的計畫。）

——我知道了。您真的沒問題吧？

（嗯，妳以為我是誰？）

——是四眼田雞的瘦皮猴混帳處男先生呢。

……雖然那不是名字啦……

（沒錯。別小看我，我會在半夜逃走的。）

——我知道了。我相信您。

（這樣才對嘛。）

這麼說完後，我的腦中浮現幾件想詢問清楚的事情。

（潔絲，為了當作今後的參考，我想問一下，這場祭典會持續到何時？）

——不清楚呢……可能會到半夜，視情況也可能會到早上。只要有人在，祭典便會繼續下去。通常都是在隔天早上才會進行收拾工作呢。

原來如此，這倒是無妨。

（還有一件事。這裡好像會販售酒類，祭典的參加者都——）

「喔，潔絲！差不多要請妳幫忙工作嘍。」

立斯塔店大叔的聲音打斷了我。我轉頭一看，只見大叔穿著附吊帶的皮革短褲和白色襯衫，開朗地揮著手。這個大叔從骨骼就相當壯碩，但看他肚子往前凸這點，想必應該相當愛喝啤酒吧。

「詳細的工作內容麻煩妳去問年輕人吧。我有點事要找這隻豬。」

啊，沒能問清楚。

大叔從扶手上解開鎖鏈，拉著我前進。潔絲被年輕人逮住，似乎正在聆聽什麼說明。

八成是舞臺的木造平臺距離大叔的酒桶並沒有很遠，舉著類似風笛的樂器和弦樂器之類的男人們在邊緣待命。在我被帶到舞臺上的期間，演奏慢慢地開始了。是開朗的樂音。

「噯，豬啊，可以排演一下嗎？」

大叔一邊這麼說，一邊幫我解開了項圈。

定睛一看，好幾個似乎是大叔熟人的中老年男女聚集到舞臺周圍。

「請大家看清楚啦。非常滑稽喔。」

大叔解放了我，退到舞臺後方。

響起音樂的節奏。

「好啦，跳舞！」

大叔的聲音推了我一把，我使出渾身解數來表演舞蹈。

要不了多久時間，各位紳士淑女就笑到喘不過氣了。

問題在於跳完舞之後，我果然還是被套上項圈，繫在酒桶附近的扶手上。

天黑之後，火把被點亮，廣場開始散發祭典的氛圍。有霸占長桌聊天的人們、拿著樂器聚集到舞臺周圍的人們。我依舊被繫在酒桶附近，只能眼巴巴地看著腆著啤酒肚的大叔們來買啤酒。

才心想潔絲或許正一邊幫客人點餐，一邊在桌子之間四處奔波，便見她過來這裡，俐落地倒了啤酒後立刻離開，看起來相當忙碌。年輕人們則沒什麼動作，坐在酒桶後方玩著類似卡牌的遊戲。若有人來木桶這邊買啤酒，他們才會一臉麻煩似的站起身，收錢並把啤酒交給客人。

呃，不管怎麼想，外場都忙得要死了，你們也好好工作啊。

竟然讓嬌弱的美少女忙得團團轉，自己卻在玩卡牌遊戲，實在是太荒唐了。

儘管有事情沒問到，然而潔絲看來十分忙碌。這裡就仰仗耐心的觀察來釐清疑問吧。問題如下。

——這些顧店的年輕人們能夠光明正大地喝酒嗎？

換個說法就是，這些年輕人們可以被允許在這種場合喝醉嗎？

由他們盯著酒的眼神來看，可以輕易推測出這群蹺班魔人愛喝酒。然而從外表看上去，他們的年齡跟潔絲差不多大。那麼，這個國家的法律和道德是否容許他們**喝醉到會放過逃走的豬**呢？

天色暗了下來，人潮變多，服務生的工作讓潔絲更加忙不過來了。演奏和特技表演在舞臺上輪番上陣，每場演出都炒熱了廣場的氣氛。站上舞臺的人們每次都會設置寫著「肖史仁的狩獵用品店」或「要找觀光情報就來趣估苟」之類的橫布條，每當表演結束，就會宣傳些什麼。而觀眾們便會零零散散地站起身，造訪掛著相同橫布條的攤位。

是在舞臺上推出了精彩的演出節目，想給予支持的客人就會去捧場那個團體的攤販這種安排嗎？

「唉～～還沒輪到豬上場嗎？」

顧店的年輕人之一這麼說道。

「基林斯先生說牠是今晚的壓軸喔。」

「真的假的？這表示那之後的好料樂趣也要晚一點才能享受到嗎？」

「在那之前，總之想先吃頓飯呢……」

就在他們一邊懶散地閒聊，一邊玩著卡牌遊戲時，那個大叔端了個盤子過來。年輕人們連忙站起身，把卡牌藏起來——我以為會這樣，但並沒有那麼一回事。他們仍然若無其事地繼續玩著卡牌遊戲。

「喲，大家，顧店辛苦了。我買了肉回來，拿去吃吧。」

「基林斯先生！謝謝您！」

年輕人們雙眼閃閃發亮，看向盛裝在大叔拿來的盤子上，似乎很好吃的烤全雞。大叔豪邁地摸亂一個年輕人的頭髮。

「今天好好加油啊——!我想應該會有很多客人上門，準備的酒是平常的兩倍。」

「兩倍嗎?」

「我很看好耶穌瑪的豬，趕忙採購過來的。」

我聽到想打聽的事情了。那個叫基林斯什麼的感覺是個能幹的經營者，似乎也很會照顧人。但這是怎麼回事啊?他讓潔絲拚命工作，卻請在後場玩卡牌遊戲的小伙子們吃雞肉。而且他明明知道潔絲的名字，卻以「耶穌瑪」這個種族名稱呼潔絲，簡直就是種族歧視嘛。

算了。反正我今晚就要跟這些傢伙道別了。

基林斯大叔說「會有很多客人上門」，應該是因為期待我的舞蹈吧。只要我跳舞大受觀眾歡迎，便會有很多客人光顧這個攤販。如此一來，那些小伙子們也得認真工作，否則忙不過來。他們說的「好料樂趣」則會在那之後到來。有人說「在那之前想先吃飯」，表示所謂的「好料樂趣」不是指吃飯，那麼會是什麼?想必就是喝酒。因為要招呼客人，要是喝醉就傷腦筋了。

計畫成形了。嗯，諸位就等著看吧。我今晚會逃走，到潔絲那裡去。我會回到諸位只有隔著螢幕才能見到的那種美少女身邊喔。

我走上舞臺，想起一件一直被遺忘的事情。觀眾大約有一千人以上，這還是我有生以來頭一遭在這麼多人面前表演些什麼。踏上為了我準備的大型表演臺後，可以看見兩千隻以上的眼睛注視著我這邊。

（後面的人我也看得很清楚喔——！）

我彷彿偶像似的試著在內心耍大牌，心臟的鼓動卻仍舊平靜不下來。

咦，這不太妙吧？

是因為豬上臺表演這種新鮮事的緣故嗎？好奇的視線刺向我身上。

呃，不行不行不行不行。就連在班上自我介紹都會因為緊張而不斷吃螺絲的我，為什麼在來到異世界的第一天便得在一千多人的觀眾面前表演跳舞啊？

大叔來到我身旁，將附設著綠色立斯塔，像是大聲公的東西湊到嘴邊。

「各位觀眾！到了基林斯寶石店的表演時間了。」

大叔被放大成好幾十倍的聲音響徹廣場。

「到昨天為止，我向大家宣傳了會安排樂隊表演。不過！這次還會再加上請這隻豬登場。」

困惑的騷動聲，以及不當一回事的笑聲紛紛傳來。

「這肯定會是各位從未看過的演出節目！請務必觀賞。」

這時，我發現潔絲正從廣場正中央注視著這邊。

她像是想說「請加油」一般，在胸前用力握緊雙拳，真可愛。啊啊，等這場表演結束，好想躺在潔絲柔軟的大腿上！我想要像隻狗一樣狂舔潔絲的臉，用唾液把她弄得黏答答的！潔絲小巧的——

——那個，我聽得見喔……

咦，是這樣嗎？

那妳打從一開始就用心電感應替我加油嘛。

在一陣手忙腳亂之中，演奏開始了。

「跳舞！拜託你嘍。」

基林斯大叔朝我露出笑容。我一個不小心點頭回應了。

大叔露出有些驚訝的表情。但他一邊以那雙粗壯的手拍手，同時從臺上走了下去。

咦，很不妙吧？我該怎麼跳舞才好？

總之我試著跳躍。結果在一瞬間的沉默之後，會場陷入爆笑的漩渦。算了，管不了這麼多啦。

我踢達踢達地走動，試圖轉一圈，結果絆到了腳，翻滾在地。觀眾又大爆笑起來。

——豬先生！請加油！

潔絲無言的聲援傳來，只有我聽得見。然而這個純真的少女並未注意到，阿宅這種生物一旦意識到女孩子正看著自己，瞬間便會變得做什麼都笨手笨腳。

我試圖跳出帥氣的曲折步，結果踩到了自己的豬蹄。

「哼齁！」

我悲痛的吶喊逗笑了許多人，最前排的老頭甚至笑到流淚。

——我沒在看您，所以不要緊的！保持這樣就對了w

嗯？她剛才是不是在偷笑？無所謂，若是為了潔絲的笑容，要我多努力都沒問題。我會讓大家觀賞到史上頭一遭由一隻豬跳出風車轉的瞬間喔。

雖然節目大受觀眾好評，但就我個人來說，結尾方式實在糟糕透頂。我在拚命跳舞時不知不覺間來到表演臺邊緣，沒注意到的我就這樣從上頭摔落下來。

好痛好痛好痛！

阿宅一旦得意忘形地表演特技，必定會演變成這樣的結局。我又被套上附帶鎖鏈的項圈拖走，繫在跟剛才一樣的扶手上。看來我的右後腳似乎扭傷還是骨折了，每前進一步便會遭到疼痛襲擊。

「噯，豬啊，你實在是棒呆啦！大受好評喔。你看看。」

將我繫在扶手上的基林斯大叔指著酒桶前的隊伍。小伙子們總算看似忙碌地販賣起啤酒。裝在瓶子裡的蒸餾酒——聽客人點飲料的內容，那似乎是威士忌——也開始熱賣起來。在蒸溽的熱氣當中，汗水自小伙子們的臉上流下。你們活該啦。

我一邊忍耐著腳痛，同時聚精會神地等待機會。

隊伍大約三十分鐘就消化完畢，滿臉通紅的中年人們開始圍著我參觀，一如我預料。我一忍著腳痛跳躍或跳舞，他們便會拍手大笑。拿著馬克杯和酒瓶的醉漢們接連聚集，將我團團包圍。

小伙子們迫不及待般的打開威士忌的瓶子，看似津津有味地一邊喝酒，一邊觀賞我。

好，作戰開始啦。

我一邊跳舞，一邊盡可能地靠近扶手，讓鎖鏈垂落地面。我一下擺動身體一下甩頭，鎖鏈便發出鋃鐺鋃鐺的刺耳聲響。再響大聲點吧。

我以彷彿會扭傷頸部的氣勢反覆甩頭，將鎖鏈摔向地面。

「喂，小兄弟啊！不能把這吵死人的鎖鏈解開嗎？」

一個老人終於這麼說了。

「一瓶威士忌，十金幣。」

「好，我知道啦。我買就是了。」

老人付錢後，小伙子卸下我的項圈。一切都在計畫之中。

第二階段，我慢慢移動，誘導群眾到堆著威士忌木箱的地方，然後像要衝刺似的迅速動了起來，使觀眾大吃一驚。對方是群醉漢，一如我預料，他們閃身往後跳。

應該要再右邊一點嗎？

我裝出試圖再次衝刺的模樣，一個醉漢頓時漂亮地撞上了木箱。

卡鐺——！

木箱倒了下來，玻璃瓶散落一地。眼尖的小伙子們一邊假裝要打掃，一邊暗槓沒有打破的酒瓶。原本圍住我的人們看似過意不去地買下威士忌。

好啦，之後只要等待時機到來。我做出奇特的動作，留住人們。

過了不到一小時，在場的人都酩酊大醉。我趁機逃離現場。

豬大為震怒。

不，其實倒也沒有震怒啦，對不起。只不過我希望諸位可以了解我受傷的腳疼痛不已，也不曉得能否到達基爾多林家的宅邸這件事。

心情好比美樂斯。為了完成與美少女的約定，我無論如何都必須在日出前回到那裡才行。可是好痛。

因為我是豬，沒辦法用摸的確認後腳狀況。我躺在地上，努力扭動脖子試著確認，看來沒有明顯外傷。痛的是關節，只能祈禱不是重傷了。

夜晚的街道冷清且黑暗，能仰仗的只有月光。今天是滿月，月光銳利到甚至能在石板上映出影子。

上次痛成這樣，是高二在球技大賽上扭傷腳踝時的事了。當嗨咖男生們在女生的尖叫聲援下活躍時，做出舉止可疑的動作而跌倒的我好像在體育館角落默默地冰敷著腳踝吧。

嗯。不小心想起不願回憶起來的事情了。

不過這下傷腦筋了。要是被潔絲發現我受傷，她說不定又會把黑色立斯塔用在我身上。她也不能把逃走的豬又一次拿去賣，看來我得盡可能瞞著她這個傷勢吧。

對方是能看透人思考的少女。我有必要在回到農場之前設法想個對策才行啊。

不不，先不提這些，首先要順利前往農場。我在祭典中可是大受矚目，被人看到也很不妙吧。說不定應該盡量抄小路比較好。

我大概知道宅邸的方向。畢竟是大型宅邸蓋在廣闊的土地上，應該也不會看漏吧。我決定抄小路過去。

我拖著腳前進，來到一個熟悉的場所，是那個有刀疤的立斯塔商人所在的可疑後巷，宛如骯髒公廁般令人厭惡的氣味淤塞於此。只要穿過這裡，應該便可以到達草原。商人現在應該也關店了，就穿過這裡，沿著街道外面前進吧。

前方傳來人聲，我停下腳步。

「你搞的失誤你自己收拾。要是我這邊被拖累了，你應該知道後果吧。」

「抱歉，但我真的無計可施啦。」

「應該可以假裝成意外處理掉吧。」

「不是啦，我不是在說緊身胸衣的事。那隻豬突然拔腿狂奔，一下就不見蹤影了啊。」

這個聲音……肯定是那個想賣中古貨給潔絲的刀疤男。我一聲不響地躲到木箱後方，屏住氣息，側耳傾聽他們的對話。

「那就去找啊。你知道宅邸在哪吧，尾隨在後殺掉她就行了。」

「先等一下。我真的覺得很抱歉，但這樣太過分了吧？要是被人發現我殺了基爾多林家的耶穌瑪，我就完蛋啦。」

我的腳顫抖起來。給我等等，你在說什麼啊？

「那是你的責任。要是不想幹，就去拜託這個地區的耶穌瑪狩獵者吧。」

「他們不可能願意獵殺受僱中的耶穌瑪啦。」

「多塞點錢啊。」

「我沒那麼多錢啦。」

嘎鐺一聲！可以看見刀疤男被推到牆壁上。對方是看似兩公尺高的壯漢，肌肉十分發達，金色短髮倒豎著。

「聽好了。看是要殺掉耶穌瑪，還是你以死賠罪。要是在下一晚之前沒準備好耶穌瑪的屍體，我就把你跟耶穌瑪一起殺掉，然後把你的屍體當成犯人交出去。」

壯漢突然放開刀疤男，盛氣凌人地朝這邊走來。是多虧了我躲在陰影處，拚命屏住呼吸的關係嗎？壯漢沒有發現我就離開了。

「真沒辦法啊……」

刀疤男也一邊整理好服裝儀容，一邊走向這邊。

咦，要是被發現會怎樣？死定了嗎？

我嚇得直打哆嗦，等待男人通過。男人彎過轉角，走向基爾多林家宅邸的方向。

咦？慢點慢點慢點……為什麼會變成要殺害潔絲？倒不如說我的腳為什麼動不了？拜託等一下，我想要時間思考。那男人前往潔絲所在的地方了嗎？如此一來，無論如何我都得阻止他才行吧？但我能做什麼？只會在後巷像是垃圾堆的地方顫抖的家畜，究竟能做些什麼啊？

可惡，可惡可惡可惡可惡可惡！

……不，冷靜下來吧我。你可是來到了劍與魔法的世界喔？可以僵在這種地方不動，眼睜睜地讓女主角死掉嗎？讓等著我回去的那個純真少女被那種骯髒的男人殺掉也無所謂嗎？

動啊，美樂斯。為了拯救潔絲，你必須動起來才行。

雖說被變成家畜，但豬的祖先可是山豬，是凶猛的野獸。

腳受傷又怎樣？並不是得立刻殺掉男人才行吧。對了，只要跟在那男人後面就行了。一邊觀察情況，一邊擬定作戰計畫吧。

我再次來到大馬路上，發現男人駝背的背影。那傢伙似乎同樣行走不便，拖著腳前進。看來能好好地跟蹤他了。

我一邊留意周圍的狀況，一邊尾隨男人。我可是豬，眼睛長在臉部左右兩邊的獸類視野十分遼闊……不就是這樣嗎！

說來奇怪。然而一注意到這個事實，我便頓時能一次看見周圍的各種東西。我懂了，因為之前太習慣人類的視線範圍，我只會注意到視野中央。只要停止注視，不就能同時看見這麼廣闊的範圍了嗎？

我更進一步地想起一件事：豬會被用來尋找松露，因為豬鼻子跟狗一樣靈。

我產生自覺，試著吸了口空氣。逆風。抽菸者特有的那種口臭、沒洗頭的頭髮臭酸味，還有最重要的，宛如薄荷般的芳香。

雖然無法辨別至今不曾聞過的氣味，但以間隔的距離來看，我能聞到的氣味多到不正常。我有意識地試著聞了聞地面。石頭、塵埃——刀疤男的氣味似乎從這些東西的另一端飄散而出。

豬有豬的特技，光是跳舞就能讓人感興趣這種事不過是其中之一罷了。

動腦啊我。該怎麼做才能保護潔絲？

男人踩著碎步，平淡地走著。來觀察他吧。他肩上掛著皮袋，袋子因凹凸不平的東西而鼓起，是中古立斯塔嗎？就憑他那雙腳和那件行李，一定無法敏捷地行動吧。不過我也受了傷，要襲擊不曉得持有什麼武器的人類，風險太大了。

況且我原本是個四眼田雞的瘦皮猴混帳處男，沒那個膽量殺人。

既然如此，讓某人襲擊刀疤男才是上策嗎？但能跟我溝通的只有潔絲，我不覺得那個天使般的少女跟這個男人戰鬥可以打贏。

果然只能搶先去通知潔絲，趕緊溜之大吉嗎？

但是壯漢說的「耶穌瑪狩獵者」究竟是什麼？即使逃走了，要是被那些傢伙盯上，能夠存活下去嗎？

動腦啊。要怎麼做，那些傢伙才會放棄殺人？那個壞人怕的是什麼？

我一邊思考著，來到街道盡頭。遠方可以看見基爾多林家的宅邸。從這邊開始就是一條直路了。

男人暫時停下腳步，從腰部拔出了某樣東西。在月光中隱約可見的刀刃，是匕首。

要是那銳利的刀刃劃破潔絲柔嫩的脖子，刺穿她白皙的肌膚，貫穿內臟，讓鮮血四濺的話──不要啊……我絕對不想看到那種場景。怎麼能讓男人那麼做呢。

男人收起匕首，再度緩慢地邁開步伐。

沒時間了。雖然懊惱，但我只能搶先跟潔絲碰面。

跑吧，豬，就由你來拯救潔絲吧。

我偏離道路，在草地上奔跑，以基爾多林家的宅邸為目標。是因為聽到暗殺的事情而激發腎上腺素嗎？疼痛變成勉強忍耐得住的程度。以受傷的腳這樣狂奔一定會後悔吧。然而當前最重要的是必須拯救恩人潔絲。

約定碰面的場所是農場的一棵大樹下。但我們約好明早見面，我叫她好好睡上一覺。潔絲肯定還在三樓的那個房間裡。

我抵達宅邸後門。木製的門扉門把位於高處，我無法打開，想必也上了鎖吧。可惡，如果身為人類，這時就算要強行破壞門也……

我思考著該怎麼打開門，其他事情卻在腦海中浮現。

——應該可以假裝成意外處理掉吧。

——你知道宅邸在哪吧。尾隨在後殺掉她就行了。

——要是被人發現我殺了基爾多林家的耶穌瑪，我就完蛋啦。

對耶，我太著急了，沒能冷靜地思考。那個男人根本不可能在宅邸裡面殺害潔絲。他明明知道宅邸位置，卻要「尾隨在後殺掉」，便表示**在宅邸無法光明正大地動手殺人**——只有可能是這個意思。沒錯，那些壞人畏懼著基爾多林家。要是知道有人殺了潔絲，犯人說不定會被基爾多林家搜查、逮捕，搞不好還會被處死。

——只要有基爾多林家的紋章，就不會有人想要襲擊我。

潔絲穿的那套緊身胸衣是否表示潔絲隸屬於基爾多林家，無論如何都不允許其他人動手呢？

若是這樣，就能預測男人的行動。其一，他會埋伏在外，目不轉睛地監視，等潔絲出門再加以殺害；其二，他會假裝要求助，把潔絲騙出來後再加以殺害。

不過，潔絲認得男人的長相。而且程度雖然有強弱之分，但潔絲是能夠看透人心的種族。既然如此，先埋伏再突襲應該比較妥當吧。

那麼，殺掉潔絲之後，男人會怎麼做？要是就那樣將屍體置之不理，別人便會知道是他殺。而行走不便的那個男人要獨自搬運潔絲相當困難。

不，慢點慢點。男人真的會用匕首殺害潔絲嗎？如果想偽裝成意外，留下刀傷不會很傷腦筋嗎？要是有人察覺是殺人而開始搜尋犯人，立場感覺很弱勢的那個男人說不定會被討厭搜查的工作夥伴背叛，扭送給基爾多林家。布置成意外死亡肯定比較安全。

對手是溫順的柔弱少女，男人鐵定會把她帶到別的地方再殺掉。如此一來，問題便在於對方認得自己的長相，以及會被看透心思。因此才要使用匕首。他打算發動突襲以匕首威脅少女，把她帶到遠處，推落到河裡。

若是這樣，讓男人目擊到潔絲離開宅邸的瞬間會很不妙。不巧的是潔絲應該會在日出前到農場去吧。要是她在那裡被男人偷襲，縱使我在也束手無策。可惡。

我繞到宅邸後方，試著觀察三樓的房間。沒有亮著燈光，房間想必一片漆黑。倘若要出門，總是需要用到某些燈光。既然如此，我應該也能掌握那個時間點。有沒有什麼方法可以打暗號呢……

此時，我發現另一個可能性。

由於我做人失敗，從未跟女孩子約定在某處碰面，所以不是很清楚。但約在某處碰面時，要是敲定時間見面，女孩子會在多久之前就赴約呢？

像潔絲這樣的女孩會不會已經在等我了呢？

距離日出仍有一段時間，我決定一邊持續確認三樓窗戶與後門周遭，同時去看看約定碰面的場所。

我潛入黑暗，前往農場，想起白天與潔絲一起散步的事。感覺就像是很久以前的事情，對話我卻記得一清二楚。

——我的名字叫做潔絲。請叫我潔絲吧。

——請多指教喲，豬先生。

——我會陪您一起去喔。

溫柔的聲音在腦海中復甦。那純粹的眼眸，以及天使般的笑容。

要尋找我人生的何處才能找到其他那麼深切的溫柔呢？對突然出現在豬圈，渾身沾滿泥巴的我伸出援手的那份溫柔；為了這樣的我使用昂貴立斯塔的那份溫柔——

不成。不不，這可不行。真是的，阿宅就是會像這樣立刻動真情。

不行啊，現在不是想這種事情的時候吧。

我搖了搖頭，急忙前往農場。諸位，無論遇到怎樣的美少女，你們都明白吧。千萬不能動真情，自遠處悄悄地給予支持才是我們阿宅的職責。

接著，我體會到心臟彷彿被揪緊的感覺。一棵大樹孤伶伶地生長在遼闊無比的草地中，唯有那裡的地面微微隆起，那棵樹簡直就像朝著天空踮起腳一般。在星星遍散的黑暗夜空底下，被月光照亮的樹葉一片片地隨著微風搖擺。

少女在樹下等著。她坐在樹根處，身體靠在樹幹上入眠。

居然這麼早就……喂喂，現在才半夜喔。她居然這麼早就來等我了嗎？

我把腳痛忘得一乾二淨，飛奔到潔絲身邊。即使我靠近，潔絲依然沉睡著。跟最初見面時一樣，她穿著白色上衣與深藍色裙子，一臉安詳地沉浸在夢鄉中，睡臉讓我暫時看得入迷了。

……不，不行啊，你在做什麼啊萌豚？現在可不是美少女的睡臉鑑賞會喔，而是思考怎麼阻止打算來這裡殺害美少女的男人的時間。首先必須叫醒潔絲才行。

（潔絲，醒醒啊。）

她沒有回應。這也難怪。明明失去意識，卻連豬的思考也會進入腦海中的話，一定會被吵到睡不著吧。

我以鼻尖戳了戳潔絲的肩膀，她沒有醒來，只是稍微動了一下身體。漂亮的臉蛋近在眼前，長長的金色睫毛沐浴著月光，閃閃發亮。小巧的鼻子，薄薄的嘴唇，描繪出平緩曲線的頸部皮膚鑽過銀製項圈，沿著纖細的鎖骨表面連接到小巧的隆起。柔弱的手臂，以及倘若拿了重物便彷彿會立刻折斷般的手指。仔細一看，手指上遍布著許多細微的傷痕，乾裂且發紅。

竟想殺害這樣的女孩，根本不是人類會做的事情嘛。

怒氣猛烈地湧上心頭。潔絲不能為了讓那種男人保身而死。有種把刀刃對準潔絲試試看，你的手今後再也沒機會握住刀劍了。

我再一次，這次更加用力地戳了戳她。

潔絲緩緩地睜開眼睛。她一看到我，什麼話也沒說，眼睛睜得更大。那雙褐色眼眸將我吸入，轉瞬間便濕潤起來。潔絲流下了淚水。

「……我很擔心您喔。」

她只說了這句話，便緊抱住我的頭。我的腦袋一片空白。

時間彷彿停止了一般。但我想起非做不可的事情。

（潔絲，妳聽我說。）

潔絲沒有放開我，沒有放開今天剛撿回家的陌生豬。

不過，非得先讓這段幸福的時光劃下休止符不可。

（有個男人企圖殺害潔絲。）

「殺我……咦？」

潔絲總算放開我，在胸前握住右手。

（就是今天白天，潔絲原本打算跟他買立斯塔，臉上有刀疤的那個男人。那傢伙為了殺害潔絲，已經來到那棟宅邸附近了。）

「怎麼會？為什麼……」

（我不是很清楚理由。但假如我的推測正確，他是為了封口才打算殺害潔絲的。畢竟要是潔絲拆穿那些傢伙用中古立斯塔做黑心生意的事，他們就不用做生意了。）

「但我不會說出去的……」

（我想也是。然而所謂的壞人一旦被人知道不想洩漏出去的事情，光是因為想讓對方閉嘴這個理由，便會動手殺人了。）

為什麼會從這種事情開始說明啊，我是做父親的嗎？

「怎麼辦……要是我被殺掉，豬先生就……豬先生說不定就無法變回人類了。」

為什麼會在這時擔心我啊，妳是做母親的嗎？

（我不會讓妳死的，有我陪著妳。所以陪我一起想對策吧。）

潔絲以剛哭過的雙眼看著我。

「這樣的話……要不要偷偷逃走呢？」

（那樣根本解決不了任何問題吧。說不定我們走到哪他們就追殺到哪。況且潔絲回來這裡時，可能又會遭到襲擊。）

潔絲本想說些什麼。但她閉上了嘴，面向下方。

（我覺得最好的辦法是讓基爾多林家抓住那傢伙。沒必要由我們來戰鬥，所以也沒什麼危險。最重要的是，只要讓基爾多林家跟我們同一陣線，把那些傢伙做黑心生意的事傳播出去，封口就沒有意義，他們也會不方便對潔絲動手。）

「可是……基爾多林大人會願意為了我做到那種地步嗎……」

（潔絲不是服侍他們很長一段期間了嗎？）

「是的……但我是耶穌瑪。」

（那又如何？）

「我跟基爾多林家的人們身分有著天壤之別。我……沒有那個立場能拜託他們做什麼。」

（但倘若潔絲遭到殺害，基爾多林家也會傷腦筋吧？妳還年輕力壯啊。）

「那個……」

潔絲的手神經質地貼到胸前。

她有事瞞著我呢——我直覺地這麼認為。

（說出來看看吧，我不會生氣的。）

「對不起，其實我已經不會回到宅邸了。」

我就在想八成是這麼一回事。立斯塔店大叔說什麼餞別禮，就像是體認到要跟潔絲離別一樣，果然不是我誤會。

（我知道了。下次再告訴我不會回來的理由吧。現在先思考該怎麼做才好。）

既然無法請基爾多林家採取行動，那麼帶入成基爾多林家不得不採取行動的狀況是很自然的想法吧。好啦，要怎麼做？

（潔絲，這個農場有可以上鎖，把人關到裡面的設備嗎？）

「我想想……有一間石造倉庫，只要從外面上鎖就沒辦法從裡面出來。」

（妳能準備鑰匙嗎？）

「可以，鑰匙掛在一進宅邸後門就會看到的地方。」

如此一來，便表示潔絲去拿鑰匙時，可能會被那個男人發現嗎？

（噯，潔絲，就算妳的身分是侍女，應該也能留張字條，放在基爾多林家的人會看見的地方吧。）

「是的……我想應該可以。」

（那我要說出計畫嘍，妳就照我說的行動。）

我不顧潔絲反對，立刻開始行動。

我獨自偵察著宅邸周遭。薄荷的氣味隨風飄散而至，可以得知位於上風處的刀疤男坐在花草叢後方，偷偷地監視著後門。一如我的推理，他打算從現在起埋伏在外，等潔絲出門時發動突襲，用匕首威脅她，把她帶到某處去吧。

我回到潔絲躲藏的地方，這麼說道：

（過來吧。聽好了，那傢伙的目標不是我，而是潔絲。無論發生什麼事，妳都不能來救我。那傢伙行走不便。最糟的情況下，潔絲就一個人逃走吧。）

潔絲的頭曖昧地搖擺著，這也沒辦法。只要我不出包就行了。

誘導潔絲躲在宅邸附近後，我下定決心，假裝正在徘徊，走到後門前方。刀疤男當然能看見我吧。

「呼齁ｗ」

糟糕，本來想發出豬叫聲的，卻不小心附帶了譏笑。

不過效果十足。男人注意到我，改變姿勢。

「齁w」

我又叫了一聲，開始踢達踢達地走向農場。農場上燒著乾草，不時散發出火光。

豬的視野捕捉到了男人追蹤我的身影。農場的火分散了他的注意力，他似乎老是看向那邊

——理應由身為目標的耶穌瑪管理的農場篝火。那個耶穌瑪白天帶著豬同行，而一隻豬正走向篝火。

嗯，一旦湊齊了這麼多材料，那傢伙想必會下這樣的結論吧。

——說不定要殺的耶穌瑪就在那個篝火附近。

隨著逐漸接近農場，我加快腳步，躲到豬圈裡。

男人八成跟丟了我，但他應該會為了找到潔絲，謹慎地搜尋篝火那一帶才對。搜尋與倉庫距離甚遠，沒有任何意義的篝火周圍。

我等了一陣子後離開豬圈，尋找男人，並立刻找到了他。男人在篝火旁朝著四周東張西望。

沒錯，看向火吧，火很耀眼喔。你的瞳孔會閉上，視桿細胞的視紫質會逐漸被消耗掉，這便是光適應。儘管人類身在亮處時，眼睛只要一瞬間就能習慣；然而身在暗處時為了讓眼睛習慣的暗適應則需要一段時間。就憑他那雙眼睛，理應無法發現在這個瞬間從後門回收鑰匙，隱入黑暗中前往倉庫的潔絲。

其他地方猛然亮起燈光——是倉庫。好，上吧。

我又走到男人附近。

「嗯齁w」

我拚命從鼻子哼出聲音，吸引男人注意。或許做得過火了點，但看來男人似乎沒有察覺我的意圖。他目不轉睛地盯著我前往倉庫的模樣。

男人一看到倉庫亮起燈光，立刻停止在篝火周遭徘徊，跟在我後面前往倉庫。一如計畫。之後就看我的表現了。

我一邊讓男人清楚地看見，一邊緩緩進入倉庫。提燈在天花板上亮著。倉庫裡看起來都放了些飼料和肥料，似乎沒有能用來逃脫的道具。乾草恰到好處地營造出死角，我放下心來。

我在從入口的死角處一邊從鼻子發出哼聲，同時不斷製造聲響。

我的心怦怦亂跳。倘若按照計畫進行，持有利刃的男人將會進入倉庫，因此這也是理所當然的。我回想潔絲的摸摸，讓情緒平靜下來。

（準備好了嗎？潔絲。）

——是的，我正躲藏在……倉庫後面。

很好。跟祭典的舞臺不同，這次沒有潔絲的視線。邊緣人會在看不見的地方閃耀發光。為了就在附近顫抖的少女，我會努力奮戰！

一如我預料，那個氣味逐漸靠近——香菸、髒亂的頭髮、薄荷。男人走進倉庫。我露出事不關己的表情，通過男人身旁，離開倉庫。

男人稍微瞄向這邊——

就是現在！

我踩穩疼痛的後腳。潔絲幫站在舞臺上的我加油的容貌浮現而出。得保護她才行。我瞄準男人的膝蓋後方衝上去，猛撞！

豬的頭蓋骨十分堅硬，碰撞的衝擊對我而言沒什麼大不了，但男人被撞得重心不穩地向前傾倒。

「這隻……混帳豬！」

我暫且退後，朝試圖站起來的男人側腹再一次衝刺！

但我在這時發動了瘦皮猴眼鏡仔技能。我無法避開比預料中敏捷的男人揮落的皮袋。皮袋直接命中側腹，裝在袋子裡的石頭撼動我的內臟。

唔齁！

我想起潔絲的微笑。可能會傷害潔絲笑容的男人就近在眼前。我扭動身體以免抵銷衝刺的氣勢，讓鼻頭直接命中男人的軀體。起作用了，男人的手放開袋子。我立刻退後一步，大大張開嘴巴，狠狠地咬住男人的阿基里斯腱。有種咬斷的感覺。

「嗚嘎啊啊啊啊！」

男人大叫。一陣銳利的痛楚猛然竄過背後，我的身體瞬間僵硬起來。

怎麼回事啊？很不妙呢——我一邊這麼心想，一邊從倉庫撤退。

（潔絲！就是現在！把門關上吧！）

我一這麼呼喚，潔絲立刻上前，以無法想像是個少女的速度關上倉庫的沉重門扉並上鎖。裡頭傳來了男人的痛苦呻吟聲。

太好了，成功了。

（潔絲，幹得漂亮！已經不要緊了！）

雖然我想走向潔絲那邊，後腳卻不聽使喚。我咚一聲地翻倒了。我的背自然地向後彎曲。究竟是怎麼了啊？

潔絲僵在原地，茫然地看著我。然後我想到疼痛的原因。

一股暖流淌洩而出，是匕首深深刺進了我的背後。

說來諷刺，但我直到快死掉時才首次確信這個世界並非夢境。

感受到這麼真實的痛楚，不可能還沒醒。我曾經作過背後被人捅了一刀的夢，但那時我身體向後彎曲，立刻驚醒了。看來我真的轉生到異世界了呢。

原來這不是一場夢嗎？

我橫躺在地抽動著腳，看向傾斜了九十度的少女臉龐。好痛，好冷。我……會死掉嗎？

——不要……豬先生……您不可以死掉。

少女一邊直接向我的腦內搭話，一邊虛弱地觸摸著我的頸部周圍。好癢啊。

——對不起……那個……我……該怎麼做……

無藥可救了。如果不是魔法的世界，根本不可能有避免死亡的方法。

潔絲猛然抬起頭來。我知道她在想什麼。她又打算盜用基爾多林家的黑色立斯塔了吧。

（不行啊，潔絲。不要再為了我讓自己傷腦筋了。）

——可是照這樣下去，豬先生會死掉的。

（是啊。雖然期間短暫，但我過得很開心喔。）

——怎麼這樣！您不是要跟我一起去王都嗎！

（忘了那件事吧。潔絲只要去處理自己的事情就好，別把我的事情放在心上了。）

——不是的……其實不是這樣的……

她在說什麼呢？

——那個……我就連裸體都還沒給豬先生看過。豬先生明明叫我保留到關鍵時刻才展現的呀……

（那是四眼田雞的瘦皮猴混帳處男在胡說八道，原諒我吧。）

愈來愈想睡了，是因為失血導致腦部缺氧吧。意識逐漸消失時，在美少女的看顧下死去，這樣不是很幸福嗎？

——求求您……不要留下我一個人……

聲音和光芒覆蓋上一層白霧，卻只有潔絲悲痛的願望傳遞到我的意識裡。

然而那個願望也立刻像絲線一般鬆開了。

彷彿置身夢境時，我回想起男人的袋子打中我的事情、袋子裡裝著堅硬石頭的事情……

事到如今，想這些也無濟於事。

為了在最後看潔絲一眼，我閉上眼睛，將所有意識集中在眼球上。比起單純因食物中毒而死，這種死亡方式要快樂得多了。有美少女送我最後一程啊，這不是棒呆了嗎？

為了看最後一刻的景色，我猛然睜開眼睛。

只有陰暗的草原在眼前展開。

第二章 型男十之八九都是人渣

昏暗的森林裡，陽光從樹木縫隙間照入，從角度研判應該還是早上吧。我在四周被茂密的灌木包圍，彷彿祕密基地般的場所醒了過來。

腹部感受到一股重量，是金髮少女把我當枕頭在睡覺。

我緩緩地以四隻腳站起來。潔絲的頭從我的肚子上滑落，叩咚一聲地撞上木板。是為了出遠門嗎？她穿著水色連身裙，給人比以往更加輕盈的印象。

「喵呼……」

潔絲發出意義不明的聲音，用手按著頭。

（啊，抱歉……）

我這麼說著，同時回想起變成這樣前的經過。我變成一隻豬在祭典上跳舞，在美麗的月夜與潔絲重逢，把那個男人關進倉庫——

潔絲看向我，摸了摸我的頭。

「太好了。您醒來了呢，豬先生。」

像是忽然放鬆表情肌般的笑容。然而她的臉色不好，頭髮凌亂，幾根長髮因汗水而黏在臉上。喂喂，怎麼啦？

我看向潔絲的身體。她並未穿著緊身胸衣，連身裙皺巴巴的，手摩擦到發紅。我確認自己的床鋪，只是一塊大木板外加用鐵圍繞木頭做成類似簡易車輪的東西而已。看來很耐用的長繩子垂落在地。周圍是森林。這表示是她把我拉到這裡來的嗎？

（潔絲，妳不要緊嗎？）

「我不要緊喔，因為有豬先生一起。」

雖然怎麼看都不像是不要緊……

我回想起來。對了，我被捅了一刀。

（妳為我用掉黑色立斯塔了嗎？）

「是的。袋子掉落在倉庫外面，雖然剩餘的數量確實極少，但把好幾個組合起來就能正常使用。」

這是我沒計劃到的事情。只能說男人把裝有立斯塔的那個袋子當成武器這點實在太幸運了。

（潔絲，真的很謝謝妳。託妳的福，我撿回一條命。）

「不要緊，因為我是想做才這麼做的。」

潔絲露出微笑，撫摸著我。感覺會害羞起來，我於是看著地面詢問：

（妳有留下抓到男人了的字條嗎？）

「有。我想說可以當成證據，把剩下的立斯塔也全部留在宅邸了。」

該說她老實嗎……那東西應該能派上用場，明明可以私吞幾個自用的。

算了，不會這麼做正是潔絲的優點吧。

「沒那回事……」

潔絲這麼說，移開視線。那是內心獨白，請多加注意喔。

「啊，對不起。」

（沒關係啦。下次開始麻煩多留意喔。）

「好的。」

我覺得潔絲真的是個老實又乖巧的女孩。這麼適合天使或女神這種詞彙的女性應該不常見吧。幾乎不會讓人感覺到所謂的自我中心，總是溫柔待人，保持清廉無私的性格——這樣的內在美彷彿會從她可愛的臉蛋，以及纖細的指尖洋溢而出一般。

我看向潔絲，只見她漲紅了臉，面向下方。她應該是努力地想要無視我的內心獨白吧。我也差不多該適可而止，別再捉弄她了。

（話說回來，真的是得救了。多虧有妳幫忙祈禱，我的腳好像也痊癒了呢。）

我試著稍微走動，祭典時從舞臺上摔下來的傷勢似乎也完全康復了。

唔唔，不小心想起了黑歷史。

依然滿臉通紅的潔絲摀著嘴忍住笑聲。

（什麼嘛，那可是我卯足全力的舞蹈耶。那樣笑很失禮喔。）

「對不起，可是實在太滑稽……」

比起憔悴的模樣，看著她笑的樣子我也會比較開心。就原諒她的無禮吧。

（話說，這裡是哪裡？）

「是森林裡頭。」

（呃，這個我知道……）

潔絲看似被逗樂般的笑了。

「對不起。這裡是通過位於基爾多林東北方『暗黑林地』的道路附近。只要穿過這條道路，我想大概就會看到幾個小村莊。」

（妳的說法好像沒什麼自信耶……那樣就能前往王都嗎？）

「是的。只要一直往北方前進，照理說遲早會看見王都。因為據說王都在醒目的高山上，只要看到一眼就會知道那是王都。」

（……妳該不會沒有去過吧？）

「沒問題，一定會到達的！」

這種說法好像也有不會到達的可能呢……

（這樣啊。肚子也有點餓了，那我們出發吧。有充分休息了嗎？）

「有的！」

潔絲雙手握拳，擺出勝利姿勢給我看。然而她的表情掩飾不了倦意。

（我想問一下當作參考，大概要多久才會到達村莊？這裡距離基爾多林有多遠？）

「我想大概再過兩三時刻就會抵達，因為已經走了一半以上的路程。」

（所謂的「時刻」大概是多久？）

「啊，我想想……將一天分成二十四等分的其中一份，就是『時刻』。」

也就是等同於「小時」嗎？總之能聽見原本假設的答案真是太好了。只要做個簡單的計算就會導出一個事實——潔絲把我放到推車上後，絕對走了三個小時以上。因為行李十分沉重，說不定還花了更多時間。眼下距離日出後大約只經過了一個小時，我被捅一刀則是夜半當中的事，換言之，潔絲馬不停蹄，幾乎沒有睡覺。

我試著衡量自己的體格。視線高度落在潔絲的大腿附近，背部應該會再高一點才對。

（潔絲，妳要不要坐到我背上看看？）

「咦？」

她是個溫柔的女孩，就算普通地拜託，她八成也會堅持要自己走路吧。但我已經非常清楚如何應付這個善良過頭的少女。

（讓可愛的赤腳女孩跨坐在我身上，是我從小就懷抱的夢想。）

（沿著這條路筆直前進就行了吧。）

「對……那個……大概……沒問題……」

讓潔絲坐到我背上才經過三分鐘。她的聲音聽起來似乎有些苦悶。

（怎麼了，不舒服嗎？）

「不……呃……因為我是第一次……坐到豬先生背上……那個……會摩擦到……感覺很癢……」

我心想是什麼會摩擦到呢？察覺到之後不禁慌張起來。

（慢點，不不不不！搞什麼啊！乘坐方式不對啦！）

我連忙擺出坐下的姿勢，將潔絲放到地面。

「乘坐方式……嗎？」

（沒錯。不……抱歉，是我思慮不夠周全。）

我與潔絲面對面。純真的美少女按住兩腿間，調整著呼吸。啊啊，真的做了很抱歉的事情。

請女性——況且還是穿著裙子的女性跨坐在自己身上時——雖然前提是假如存在著那種情境啦——明明需要細心注意才行啊。

「不，沒事，並沒有難受到無法忍耐……只是感覺有一點奇怪……」

快住口！拜託妳別說了！別用那種彷彿色情同人誌般的臺詞玷汙我與少女的幸福時光啊！

（我想想，妳試著把重心挪到手部多一點，坐上來看看。豬是會挖土的動物，背肌誠如妳所見，應該相當強韌才對。妳儘管把重心放到手上也沒問題。）

我讓潔絲坐到背上，再次試著走動。

（怎麼樣？）

「那個……脊椎還是會……嗯……」

我連忙停下來。教導這個純真少女何謂第一次的萬萬不能是豬的脊椎。要是這種事情被魔法使知道，我一定會被變成馬鈴薯排骨湯，而非人類。

（那麼，妳再往後面一點坐，坐在靠近後腿肉的部分，用雙腳緊緊地夾住我。）

潔絲慢吞吞地移動，照我所說的做。我邁出步伐。

「啊，真的呢……這樣的話就不要緊。」

千鈞一髮。這下總算可以——就在我這麼心想時，四條腿突然發軟，動彈不得。

「怎麼了嗎？」

（喂……那是什麼啊？）

右前方的樹叢裡有隻身高少說兩公尺的奇妙野獸，從茂密黑毛覆蓋著的軀體長出異常細長的四肢，彷彿禿鷹般光禿的長脖子上頂著不相稱的小頭，以一雙大大的黑色眼睛注視著這邊。宛如蝙蝠的耳朵，豬一般的鼻子，最奇妙的是牠像是在拍打規律的節奏似的，大動作地朝左右兩邊搖晃著身體。儘管如此，頭部依舊維持在定點不動，目不轉睛地看向這邊。

彷彿故障的鐘擺般不斷擺動身體的神祕野獸。實在太可怕了，我無法動彈。

「豬先生好像沒看過那個呢。」

（當然了……那傢伙到底是什麼玩意兒啊，我們是不是被當成目標了？）

是感受到我肌肉緊繃嗎？潔絲撫摸著我的背後。

「不要緊的，那是叫做赫庫力彭的動物喔。」

我心想好像在哪聽過，對了，是那個。立斯塔店的基林斯看到我的舞蹈，曾經評論為「好像受傷的赫庫力彭一樣」。

「可以直接通過，不要緊喔，牠什麼都不會做的。」

真的嗎？但潔絲也沒理由在這時撒謊吧。我照她說的無視那動物，直接通過。赫庫力彭雖然注視著我們，卻什麼都沒做，一步也沒有離開原本所在的地方。

專心地前進一陣子後，我如此詢問：

（我以前待的地方從沒看過那種動物耶……）

「原來如此。牠在梅斯特利亞是極為常見的生物喔。」

（妳說那個嗎？）

這裡無論植物或動物，大致上都是我看過的東西，所以我還以為所有生物都跟我以前待的世界一樣，但看來好像並非那麼一回事。

「赫庫力彭似乎是從暗黑時代結束那陣子突然開始出現的動物喔。牠專吃植物和屍體肉，絕對不會襲擊動物，是一種善良的生物。因為有搖晃身體的奇特習性，所以奇妙的傳聞一直沒斷過……儘管如此，我依舊從未見過表示自己看到赫庫力彭襲擊動物的人。」

（這樣啊。奇妙的傳聞是指？）

「根據地區不同，有各種傳說喔。有人說赫庫力彭是和平使者，也有人主張牠是歉收的前兆；聽說有些地區流傳赫庫力彭會帶來幸運，卻也有些地區傳說遇到赫庫力彭會倒大楣。結果赫庫力彭什麼都沒做呢。」

（看妳好像講得很開心呢。）

「是的，我很喜歡歷史和民間傳說！」

（這樣啊，還真意外。）

「接待客人時，缺乏教養的話相當失禮，因此我向基爾多林家的當家大人借了與梅斯特利亞歷史相關的厚重書籍，讀著讀著就產生了興趣。」

（這不是挺好的嗎？）

「是這樣嗎？雖然我沒對任何人說過……但被人稱讚興趣，總覺得很開心。」

真是個奇怪的傢伙啊，我這麼心想。只是說了她的興趣不錯，居然會感到開心。

「豬先生也有什麼興趣嗎？」

觀賞日常系動畫，對著美少女像豬哥一樣嘎嘎亂叫——這種話我實在說不出口。

（應該是看書吧。還有最近個人熱中比較哪種雜草好吃。）

「您喜歡有漂亮女孩子登場的故事嗎？」

呃所以說，別看我的內心獨白啦。

（妳知道懸疑小說嗎？我喜歡推理解謎的故事。就是那種從散落在故事中的細微證據裡，推理出某個意外真相的故事。）

「原來有那樣的書籍呀！我也好想閱讀看看！」

（梅斯特利亞可能沒有就是了。感覺路途還很長，我在路上說給妳聽吧。）

「真的嗎！真令人期待。」

像這樣聊天的話，便能知道潔絲也是個普通的女孩子。儘管她服侍於名門，要處理很辛苦的工作，還能看透人心，又異常善良，但跟我知道的女高中生沒什麼太大的差異。

……不，我說謊了。我國高中都讀男校，未曾接觸過能稱之為女高中生的生物。在此道歉並加以訂正。

「該不會豬先生之所以能注意到許多事情，是因為經常閱讀那些叫懸疑小說的故事？」

（說不定是那樣呢。不過我想一方面也是因為我會忍不住在意細節的壞習慣啦。）

推眼鏡。

「也就是說，什麼事都瞞不過豬先生呢……」

潔絲的音調變低沉。

（不，如果妳有事情不想說，瞞著我也沒關係喔。就跟潔絲會忽略我沒有加上括號的獨白一樣，我也不會追究潔絲不想被人知道的事情，畢竟每個人都有隱私嘛。）

在與我相遇沒多久前買了黑色立斯塔，卻沒告訴我那件事的理由；這次啟程之後明明再也不會回到基爾多林家，卻說是「稍微去跑腿一下」敷衍過去的理由。雖然除此之外還有很多狀況，但無論哪件事，都是我不知情也無妨的事吧。

「那個……我要告訴您。」

（告訴我什麼？）

潔絲的手在我的背上稍微動了一下。

「這趟旅行沒有回程的理由。」

（妳說這趟旅行沒有回程的理由……換言之，就是前往王都後不會回基爾多林家的理由嗎？）

「對，也可以那麼說……」

（是要去服侍其他人家嗎？）

「不，並不是那麼回事。」

這話是什麼意思啊？潔絲似乎在整合思緒，因此我也試著自己思考看看。在已經證實「跑腿」是謊言的現在，王都是否真的是目的地這點也很可疑。她也有可能是知道我得去王都才能變回人類，為了不讓我有所顧慮才撒了謊，如果是潔絲很可能會這麼做。儘管當時以命運帶過，但果然還是想得太美好了。若是那種情況……唔嗯……不，這個世界有太多我不知道的事情了，現在的我無法推理出潔絲旅行的目的。

「我會去王都，這是真的。」

潔絲似乎努力在慎選該說什麼和不該說什麼。就相信她吧。

倘若潔絲會在這個時間點前往王都一事並非謊言，我與潔絲的相遇便真的是命中注定。這樣就足夠了吧。我也心滿意足，嚄嚄。

那麼旅行的目的是？不是去服侍其他人家。既然如此，潔絲是去做什麼的？

這時，我想起一件感到不對勁的事情。說不定諸位裡面也有人覺得奇怪吧。昨晚潔絲在治療我之後，不等我醒來就從農場出發了，然後在森林裡走了恐怕三小時以上，甚至不惜把在睡覺的我，把一隻沉重的豬放到推車上拉著走。

這是很緊急的事情嗎？不，潔絲曾說過預定在早上出發，用不著在半夜急著出門吧。那她是要逃離什麼嗎？假如她是在逃走，是要逃離什麼？逃離關到倉庫裡的那個刀疤男嗎？不，不太可能。

她會去王都並非要服侍其他人家，況且正在逃離什麼。

逃走……我想起在後巷聽到的「耶穌瑪狩獵者」一詞。

——他們不可能願意獵殺受僱中的耶穌瑪啦。

受僱中。也就是說倘若是沒有被僱用的耶穌瑪，便有可能遭到殺害。

喂喂，等一下。現在的潔絲不就是沒有被僱用的狀態嗎？明明身在說不定有危險的森林裡，卻也沒穿上附帶基爾多林家紋章的緊身胸衣。

……

且慢，潔絲有不想告訴我的理由，所以這樣追究不是好事。雖然腦中浮現不祥的可能性，但要化為言語實在太可怕，還是算了吧。

潔絲的手指稍微用力地握住我的背。

「豬先生，那個……您可以跟我約定，就算聽完我說的話，也願意陪我一起到王都嗎？」

（那當然了。畢竟不那麼做的話，我一輩子都只能當一隻豬生活了。）

「說得也是呢……我做好覺悟了，我要告訴您。」

（這樣啊。我也做好覺悟了，無論聽到什麼我都不會畏懼，妳放心吧。）

潔絲好幾次吸氣又吐氣。

「我是去將這具身體奉獻給王朝的。若非如此，就會在途中死亡。」

啥？

「這是耶穌瑪的宿命。梅斯特利亞規定年滿十六歲的耶穌瑪要離開正在服侍的人家，靠自己的力量前往王都。大半會在途中喪命。而到達王都的耶穌瑪一輩子都不會回到原本的場所。」

啥？

潔絲的聲音沒有平常那種柔和感。冷靜一點啊，我。

（……到達王都後，有什麼在等著妳呢？）

「沒有人知道，因為王都完全與世俗隔離，沒人知道內部的情況。只不過……儘管有各種傳聞，但無論哪種說法，跨越考驗的耶穌瑪會受到禮遇這點是共通的。我認為會在王都服務到死為止的說法是最有可能的。」

我無言以對。

「豬先生對我為何像在逃走似的離開宅邸一事感到疑問吧，我來回答您。我戴的銀製項圈……裡面灌注著非常強大的魔力，能夠用很高的價格賣出。這個項圈受到魔法守護，除非把頭砍掉，否則是拿不下來的。」

我側目看向背上的潔絲。泛黑的厚重銀製項圈在她脖子上散發微弱光芒，項圈上沒有接縫，除非強硬地破壞變形，否則看起來是拿不掉的。

「還有骨頭之類的……耶穌瑪的身體本身也能以不便宜的價格賣出。這表示我從王朝支付斷交費給基爾多林家，不再是基爾多林家侍女的那一瞬間開始，就會變成殺耶穌瑪來賺錢的『耶穌瑪狩獵者』的獵物。」

我啞口無言。潔絲進行一次深呼吸。

「當然，基爾多林家的人們都很溫柔，不會有把我賣掉換錢的念頭吧。但我不小心告訴了基林斯先生今天就是啟程的日子。基林斯先生也是很好的人，照理說不會出賣我……但不曉得情報會在何時怎麼傳播出去。所以我才盡可能地遠離宅邸，躲藏在森林裡頭。」

這個世界究竟是怎麼一回事啊？

「豬先生……果然還是不行嗎？」

潔絲的聲音顫抖著，感覺她的手也在顫抖。男人啊，振作一點吧。

（……怎麼可能不行？）

潔絲的顫抖停止了。

（有誰能丟下這樣的女孩子不管啊？我不可能坐視像潔絲這麼善良的女孩在這種扭曲的世界裡受到傷害。我們一起前往王都吧。雖然我只是一隻平凡的豬——不會用劍也不會魔法，但我會絞盡智慧來保護潔絲，會一直陪著妳。直到潔絲抵達王都為止，我會像這樣緊貼在妳的胯下。）

我等待潔絲的回應。我本想說些帥氣的臺詞，但會不會不小心冷場了呢？

「……我去洗手間的時候，請您保持一下距離喔。」

潔絲這麼說，稍微笑了笑。

多麼堅強的女孩啊——我這麼心想。昨天跟我在一起時，儘管面對過於殘酷的命運，她卻仍若無其事地笑著。她像那樣一直隱瞞著我祕密，因為覺得我說不定會逃走，覺得我也許會感到畏懼，從潔絲的命運中逃離。

不，不對。

（總覺得我好像知道了……我昨天在豬圈出現的理由。）

「您說……真的嗎……？」

潔絲的聲音感覺有些不安。

（是啊。這不只是潔絲，同時也是我的命運。跟潔絲一起前往王都，請人把我變回人類。我應該是為了邁向那樣的命運，才會在潔絲啟程的前一天出現在豬圈吧。）

潔絲的手放鬆了力量。

「……是的。」

（我們是命運共同體，至少在到王都之前都會一直在一起。）

「……是的！」

潔絲用哽咽的聲音這麼說道，吸了吸鼻涕。

我下定了決心。在到達王都之前，我要一直當潔絲的可靠夥伴。

還有絕對不可以讓潔絲察覺到——

據說耶穌瑪狩獵者不會來這座森林，所以我讓潔絲趴在我背上睡一覺。潔絲彷彿被拿來曬的棉被，將臉頰和胸部等處緊貼著我的背部。我按照潔絲的告知，沿著一條直路不斷前進。

潔絲似乎相當疲憊，即使我的背部搖搖晃晃，她也沒有醒來。

在潔絲睡著的期間，我的腦內會獲得自由。雖然是妄想下流事情的大好機會，但我實在沒那個心情。應該針對我們今後必須面對的那些耶穌瑪狩獵者擬定對策才行。

既然有著這種稱號，那些傢伙應該是狩獵年滿十六歲就會前往王都的耶穌瑪的專家吧。如此一來，他們的工作場所必然會是王都周遭。雖然耶穌瑪會從各種地方前來，但必定會通過王都周遭，所以在王都附近等待應該是最省事的辦法。正因如此，潔絲才會推測距離王都相當遠的這座森林算是比較安全的。這趟旅程愈是接近終點王都，便會愈來愈危險。

耶穌瑪狩獵者肯定會確認耶穌瑪應該會經過的場所。所以我們只要走照理說耶穌瑪不會走的道路就行了。另外，會證明耶穌瑪身分的銀製項圈也是個問題。據說項圈受到魔法守護，除非把頭砍掉，否則不管怎麼弄也拿不下來。有必要讓潔絲盡快把銀製項圈隱藏起來。

但是，如果是這種程度的對策，只要稍微聰明一點的耶穌瑪應該都會想到，而且耶穌瑪狩獵者也會設想到吧。要如何進一步應付這個問題，感覺會是命運的分水嶺。

潔絲的武器是歷史知識與會思考的豬，然後手頭大概有一點充裕的現金。嗯，大概就是這些吧。

我們必須將這幾點活用到最大限度，來對抗不講理的命運。然後要平安到達王都，花大概一個小時好好質問那個偉大的國王還是什麼的，為何要給耶穌瑪們、給潔絲施加這種殘酷的考驗？為什麼不允許他們過著和平的生活？構築出這種社會在先，都沒有任何罪惡感嗎？

使命感讓我的血液前所未有地燃燒起來，肝臟應該也確實煮熟了吧。為了在背上沉睡的無辜少女，我會去做所有自己能辦到的事情。

動腦吧，豬，還有時間可以思考。

大約走了兩小時左右吧，我們到達一個小村莊。雖然只有整潔雅緻的小木屋沿街並排在狹窄的道路上，但有幾間店家，也有零星的人影。這村莊似乎是開拓森林建造而成的，高大的針葉樹逼近木屋背後。是由於這個緣故嗎？給人一種有些陰森的印象。儘管是中午時分，但因為是陰天，天色相當昏暗。

我叫醒潔絲，進入村莊。

（潔絲，妳有類似領巾的配件嗎？）

聽到我的問題，潔絲翻找起皮製的包包。

「呃……沒有耶。為什麼這麼問呢？」

（潔絲的銀製項圈是耶穌瑪的身分證對吧？只要把那個藏起來，應該就不會被發現是耶穌瑪，比較不會被當成目標吧。）

「的確……您說得沒錯。」

喂喂，不要緊嗎……

（妳應該有錢吧。因為沒買立斯塔，至少有兩百金幣吧。）

「對，託您的福。」

（領巾應該不會很貴吧？）

「對，我想頂多就三四金幣吧。」

（不買一條嗎？）

「好的！」

潔絲看似很開心地開始東張西望周圍。

「啊，找到了！是服飾店。進去看看吧。」

潔絲這麼說，很快地邁出步伐。我跟到了店門口，停下腳步。

（嗳，我進去店裡沒問題嗎？）

「不要緊的。您看。」

就在她這麼說的期間，也有沾染泥土的男人們走進店裡，還帶著白色大狗。

「那麼，要進去嘍。」

她為什麼看來有點高興啊？我一邊這麼心想，一邊跟著潔絲進入店裡。

店內的裝潢是以顏色明亮的木材為基調，暖色系的提燈光芒感覺十分舒適。雖然不是像現代日本那樣的鮮豔色彩，但也陳列著許多款式的自然色調服飾。

——這裡有領巾喔！

潔絲指著窗邊的架子。那裡擺放著粗糙的木製胸像，因為脖子上圍著布，跟流行時尚幾乎無緣的我也知道這裡就是領巾賣場。

——您覺得哪款適合我？

潔絲用閃閃發亮的眼神看著商品。我感受到她的確是個十六歲的女孩呢。

（要是遠遠看也知道脖子上圍著什麼東西，可能反倒會變成在宣傳自己是試圖藏起項圈的耶穌瑪。應該選接近膚色的款式比較好吧。）

——啊，說得也是呢，對不起……

潔絲像是回過神似的，比較著自己的膚色與布料。

……

啊啊，真是的。阿宅就是這樣不解風情。難得潔絲好像很開心的樣子，這下氣氛都搞砸了不是嗎。這種時候，如果是諸位會怎麼做……？

（不，等等。）

我這麼告訴她後，思考起道理。

（要是戴著接近膚色的領巾，在近處看到時反倒很可疑啊。我要訂正。選一條最適合潔絲的領巾吧。）

——是這樣嗎？那麼，請豬先生幫我挑選！

呼，總算到了發揮我真正價值的時候嗎？沒有女友的經歷等於年齡的四眼田雞瘦皮猴混帳處男，就在此處活用我對休閒褲和格子襯衫的豐富知識，幫忙挑選一條適合十六歲金髮美少女的領巾吧。

（…………）

——……

無論想像哪一個潔絲，感覺都很合適。她現在的服裝是水色連身裙，如果是藍色系領巾，就算遠看也不會引人注目吧。不過選擇相同顏色的話顯然很沒有品味。既然如此……

（那條淡綠色的怎麼樣？有一點偏藍的那條。）

——您說這個像是美麗淺水湖泊的顏色嗎？

我一輩子都沒辦法像那樣形容顏色吧。

（沒錯。）

——怎麼樣呢，適合我嗎？

潔絲將領巾拿到脖子前。唔嗯，應該不錯吧。

（我覺得很適合妳喔。）

——哇啊，謝謝您！那麼，我去結帳喔。

潔絲高興地走到店內深處。她順利結完帳回來後，帶我離開店裡。感覺帶著狗的金髮年輕人好像在看我跟潔絲。

潔絲立刻在店外戴起領巾。

買了領巾是很好。但我跟潔絲都肚子餓了，因此我們大白天的就繞到旅店。那似乎是這村莊唯一的旅店，是一棟用白色灰泥與暗色木材打造的氣派建築，還附設酒吧。

「那個，不好意思。」

回應潔絲的呼喚，從裡頭出來的是個年紀約五十上下的胖阿姨。紅髮像圈圈似的捲起，圓潤的臉頰略微泛紅，給人感覺很開朗的印象。

「哎呀小姑娘，午安。看妳的模樣，似乎是因長途跋涉而感到疲憊呢。肚子餓了吧。」

「對，您說得沒錯……」

「瑟蕾絲！幫忙準備熱毛巾跟簡單的餐點！」

「是的！我明白了。」

發出高亢聲音從裡頭走出來的，是個大約十二三歲的瘦弱金髮少女，戴著銀製項圈——是耶穌瑪。少女留著短髮，有一雙大眼睛，嘴唇顏色很淡，給人比潔絲更加夢幻的印象。

潔絲面帶微笑，向瑟蕾絲鞠躬行禮。瑟蕾絲深深低下頭，然後匆匆忙忙地消失到裡頭去了。

「小姑娘，無論妳是要從這裡越過山谷，還是要到基爾多利，到達下一座城鎮時太陽都要下山了。要不要在這裡過夜啊？餐點一餐三金幣。要過夜的話再加十金幣。那隻豬的飼料只要兩金幣就可以幫妳準備喔。」

「那就麻煩您了。一共十五金幣對吧。」

潔絲翻了翻包包拿錢，付清款項。

就在她這麼做的期間，瑟蕾絲也拿了褐色的布巾過來，布巾冒著熱氣。

「請用這條毛巾。」

瑟蕾絲將布巾遞給潔絲。

「小姑娘，妳擦一擦臉吧。妳臉上沾滿泥巴，難得的漂亮臉蛋都糟蹋掉了喔。」

「這……謝謝您這麼親切。」

潔絲接過毛巾，擦拭臉部。旅店的阿姨目不轉睛地盯著潔絲看。

我覺得有點奇怪，於是觀察著她眼睛的動向。當我發現時已經太遲了。

潔絲擦拭脖子時，銀製項圈從領巾內側稍微露出。彷彿想說真沒辦法似的，阿姨的眉毛往上挑起。

「妳是從基爾多利來的嗎，耶穌瑪小姑娘？」

（喂，潔絲——）

我正想告知時，潔絲毫無防備地點頭回答「是的」。

阿姨的嘴角露出微笑。

「這樣啊這樣啊，妳接下來要前往王都是嗎？」

「對，是那樣沒錯。」

未免太沒防備心了吧——我這麼心想，但猛然驚覺一點。對了，潔絲能夠看透人心。假如那個阿姨想要對潔絲不利，潔絲應該會感到著急才對。

儘管如此，還是不能過於相信潔絲的能力。因為她是個令人難以置信的老好人，所以說不定只是沒識破對方的目的。實際上，即使阿宅在超近距離說著潔絲妹咩嚄嚄，她也是笑著帶過了。

我沒有放鬆警戒，試著環顧周圍。

看似出口的地方，有剛才走進來的玄關，以及當作酒吧入口的門。有什麼萬一時，似乎不管從哪邊都能逃掉。照那個阿姨的體格來看，應該沒辦法追上來吧。感覺這邊可以拿來當武器或障礙物的東西是——就在我這麼觀察時，發現了不得了的東西。

是耶穌瑪的項圈。有兩把劍以交叉的狀態被裝飾在牆上，銀製項圈像是要捆住劍似的掛在其交點上。

除非砍掉耶穌瑪的頭，否則是無法拿下銀製項圈的。這就表示……

（潔絲，我們快逃吧。裝飾在牆上的劍掛著耶穌瑪的項圈。）

潔絲注意到我說的話，看向我的臉，然後將視線移到我面對的方向。

她的雙眼捕捉到兩把劍與銀製項圈。

潔絲臉色蒼白起來，立刻準備逃走——我原以為會這樣。

——不要緊喔。

但她只是這麼告訴我。然後她看向阿姨那邊，露出嚴肅的表情。

「請問那是……哪一位的項圈呢？」

阿姨的雙眼浮現看似悲傷的色彩。

「那是叫做伊絲的耶穌瑪的項圈。是瑟蕾絲……就是剛才那女孩的前任者，以前在這裡工作。」

喂喂，現在是什麼情況啊？

「這……實在太遺憾了。請問伊絲小姐是在哪裡過世的呢？」

阿姨招了招手，帶領潔絲到酒吧的一個座位。我也在搞不懂情況的狀態下，踩著碎步跟了上去。

潔絲坐到椅子上後，阿姨也一屁股坐在潔絲對面，她筆直地看著潔絲，開始說了起來。

「老實說，伊絲她呀，並沒有踏上旅程。是五年前的事了。我們曾經把迎接十六歲生日的耶穌瑪們藏匿在修道院裡。」

「該不會是巴普薩斯的修道院吧？」

阿姨驚訝得瞠大眼。

「原來妳知道嗎？沒錯，這村莊就是巴普薩斯。」

「原來是這樣嗎……其實我之前是服侍基爾多林家……聽說那是在不遠的地方發生的事件，我還記得當時雖然年幼，卻也震撼不已。」

「哎呀，原來妳是基爾多林大人的耶穌瑪嗎？這還真是不得了……」

瑟蕾絲將擺著黑麵包、蔬菜與起司的盤子，以及裝滿大量各種蔬菜的器皿端了過來。她將擺有麵包的盤子放到潔絲面前，然後把只有蔬菜的器皿放到我面前。潔絲面帶笑容向她道謝，見狀，瑟蕾絲僵硬地露出微笑，鞠躬回禮。

「瑟蕾絲，聽說她是基爾多林大人的耶穌瑪呢。妳在那兒坐下吧。」

聽到阿姨這麼說，瑟蕾絲在我的身旁坐了下來。少女白皙苗條的腿就在我的眼前，美麗的曲線從纖細的阿基里斯腱延伸到感覺很柔軟的小腿，膝蓋後方的皺紋是淡淡的蜜桃粉。嚄嚄。

我發現瑟蕾絲一臉驚訝地看向我這邊，心想這可不行，開始冥想。能夠看透思考的不只是潔絲，而是耶穌瑪這個種族的特性。

我是一隻豬，我是一隻豬，我是一隻豬……

潔絲意思一下地咬了口麵包，詢問阿姨：

「說到巴普薩斯，那麼伊絲小姐是因為燒傷而亡嗎？」

「不是，她是被耶穌瑪狩獵者帶走了。在遭到殺害之前，她一定受到慘無人道的對待吧……」

「那麼，那個項圈是？」

「那是一名獵人從耶穌瑪狩獵者那裡拿回來的喔，是這個村莊的驕傲，所以才會像那樣弄成銀製紋章裝飾起來。」

「原來是這樣呀……」

雖然不是很懂，但話題在我不曉得的地方進展下去。不過我明白了那個項圈似乎並非邪惡的東西，反倒成了潔絲感到安心的因素。

好閒啊。我無可奈何，只好在旁吃蔬菜等著。雖然有泥土的香味，卻不會覺得不快，這表示我的味覺也變得更接近豬了嗎？

我注意到瑟蕾絲一臉不可思議地看著我，又開始冥想。

草真好吃，草真好吃，草真好吃……

對話持續了一陣子，潔絲提起了她想去修道院看看。她說機會難得，想要先參觀一下現場。

阿姨說那裡有清澈的泉水，要潔絲在那裡順便幫豬洗個澡。而且因為白天工作比較少，好像還要讓瑟蕾絲幫忙帶路。潔絲也用完了餐點，我們便離開旅店，徒步前往修道院。

修道院似乎位於村外，要稍微爬上山的地方。潔絲、瑟蕾絲，還有一隻豬這樣奇妙的一行人，鑽過梯田之間前往山那邊。

「那個……潔絲小姐，那隻豬先生是妳的朋友嗎？」

在前面帶頭的瑟蕾絲轉過頭來，一臉不可思議地問道。

「是的。其實他是十九歲的男性喔。」

我是四眼田雞的瘦皮猴混帳處男。請多關照。

「咦，他是人類……嗎？」

「對，好像不知是什麼原因，他變成了豬先生……等到了王都後，我們打算請魔法使幫他變回人類。」

「是這樣子呀……因為牠看著我的腳想像了很多事情，我一直在想牠真是一隻奇怪的豬先生呢。」

聽到這番話，潔絲稍微鼓起臉頰，看向我這邊。

「真是一隻見異思遷的豬先生呢。」

真是慚愧。我決定今後只看著潔絲的腿活下去。

潔絲呵呵笑了。她的手上拿著在附近摘來的野花花束。

我們沿著梯田之間前進的途中，潔絲告訴了我關於巴普薩斯修道院的事情。

據說那間修道院偷偷藏匿著年滿十六歲的耶穌瑪，某一晚突然熊熊燃燒了起來，原因至今仍然不明。那場火災實在發生得太突然，因此有好幾名耶穌瑪燒死了。逃出去的耶穌瑪們也遭到不知從哪冒出來的耶穌瑪狩獵者們襲擊，不見蹤影。這是五年前的事情。

事態暴露時，社會大眾謠傳那是逃避前往王都這個義務的耶穌瑪們遭到了天譴。不過另一方面，藏匿耶穌瑪的村民們則免於遭受抨擊。聽說似乎是因為就算是僕人身分，身為人類會同情耶穌瑪們必須接受殘酷的考驗，是理所當然的……

潔絲說她想親眼見證那種大事件的現場，獻花致意。

我們到達山林小道的入口。雖然從這裡看不到，但只要再稍微走一段路，就是燒掉的修道院廢墟。瑟蕾絲這麼向我們說明了。

就在此時，後方響起了喀嚓聲響，我轉過頭看。

將金髮剪短的高個子年輕人站在那裡，年紀應該跟我差不多，或比我小一點吧。是個有著漂亮雙眼皮且鼻梁筆挺，讓人眼睛一亮的型男。他穿著皮長靴，搭配米色薄長褲與露出胸口的白襯衫，以及青瓷色的背心。腰上繫著寬皮帶，皮帶上掛著兩把短劍。

「妳要上哪兒去啊，瑟蕾絲？只有兩個女孩子很危險吧。」

我立刻注意到他是在潔絲買了領巾的那間店一直看著我們的男人。

「諾特先生，午安。」

瑟蕾絲禮貌地一鞠躬。

被叫做諾特的冷淡型男伸手指著潔絲。

「噯，瑟蕾絲，這傢伙是赴都中的耶穌瑪吧？妳是要帶她去修道院觀光嗎？」

「不，該說是觀光嗎……我是想去獻花致意……」

潔絲從旁插嘴的這句話，讓型男的眼神移動到潔絲拿的花束上。他的視線接著移動到潔絲的臉上，然後停了下來。有著長睫毛的眼睛稍微瞠大，臉頰漲紅起來。

喂喂，你是青春期嗎……就算潔絲再怎麼可愛，居然會一見鍾情，真是沒出息。是吧，諸位，對剛見面沒多久的少女動真情這種事根本不可能吧？

青春期型男被潔絲回望後便皺起眉頭，移開視線。

「妳打算去參拜嗎？那倒是無妨。但妳那條領巾很明顯地是在隱藏項圈，拿掉吧。」

讓人不爽的型男這麼斷言。

「呃……可是沒有其他辦法……」

型男靠近困惑的潔絲，拿出奶油色的布。

「戴上這個吧，從遠處看的話就跟妳的膚色一樣。」

「可是……要是在近處被看到，反倒會立刻知道我的身分不是嗎……？」

「重要的是從遠處無法一眼看出來。這不是為了妳，是因為可能會危害到瑟蕾絲，我才這麼說的。乖乖聽我的話，換上這條領巾啦。」

你誰啊──雖然我很想這麼嗆他，但我終究只是一隻豬，什麼都辦不到，只能在旁看著潔絲把領巾拿下來。那個叫諾特的居然厚臉皮地自己動手把布纏到潔絲的項圈上。

他居然能順手拿出用來裹住項圈的布，準備得真周到啊──我原本這麼心想，但忽然察覺到某個可能性。對喔，他怎麼可能一直隨身帶著那種布行動啊。追根究柢，這傢伙跑來這種地方做什麼？他會不會是在服飾店看到潔絲買了領巾，然後就尾隨我們到這裡來？

──豬先生，怎麼辦呢……

潔絲似乎看透了我的思考，她沒有發出聲音，這麼向我說道。

（這傢伙全副武裝，正常地戰鬥的話，我們打不贏。這種情況……）

我看向瑟蕾絲。瑟蕾絲似乎察覺到我的意圖，打了個哆嗦。

──那個，諾特先生沒問題的！他是個很好的人，請相信我。

──是這樣呀，我知道了！

（給我等一下，潔絲。妳相信得太快了。）

我一邊這麼告訴她，同時偷看著那個叫諾特什麼的煞費苦心地把布纏到項圈上的模樣。雖然他是個不曉得在想什麼又愛裝熟，讓人不快的傢伙，但並沒有那麼危險的感覺。

（……不過，隨便懷疑別人也不好啊。先對這個男人保密我的事情吧。我來觀察這傢伙，要是他好像會危害潔絲，我會立刻告知。這樣如何？）

——這主意很棒呢。就麻煩您這麼做了。

（瑟蕾絲妹咩也願意協助我們嗎？）

——妹咩……

（如果我覺得他好像能夠信任，會立刻揭露我的真實身分。所以請瑟蕾絲也先把我當成一隻普通的豬看待好嗎？）

——如果是這樣，我知道了。

瑟蕾絲這麼告知後，面向諾特那邊。看到把臉湊近潔絲脖子附近的他，瑟蕾絲動作僵硬地移開了視線。潔絲看到這景象，稍微瞠大了眼。唔嗯。

「這樣就行了吧。妳們要去修道院對吧？我來當妳們的保鏢。跟我來。」

諾特這麼說，他一邊讓短劍卡嚓卡嚓地響著，同時先走一步了。

「那麼，我們走吧。」

瑟蕾絲這番話讓我與潔絲也跟在後面前進。我負責殿後，一邊看著潔絲的美腿，一邊爬上山路。雖然跟瑟蕾絲妹咩不同，沾上了塵埃，但我覺得潔絲的肌膚還是很漂亮。是因為迎來了第二性徵嗎？輪廓比瑟蕾絲妹咩的纖細美腿還要稍微柔和一點。我認為無論哪邊都很優秀，然而直截了當地說，我比較喜歡這邊。每當前進一步，小腿的肌肉就會週期性地改變形狀。感覺很柔軟的肌膚配合著肌肉伸縮，很好，非常好。不過嘛，從活潑且具備機能性美感這種嶄新的觀點來看，鑑賞瑟蕾絲妹咩走路的腳也是一種樂趣吧。她肌肉的動作說不定比潔絲的腳更容易觀賞。

——那個，豬先生，您那些想法也會全部洩漏給瑟蕾絲小姐喔……
聽到潔絲這麼告知，我反省起來。有兩個內心獨白監視者在的話，氣氛會變得像我簡直就是個變態一樣啊。在異世界生活也真是不容易。

我們到達修道院。巴普薩斯的修道院好像是如壁掛式置物架般，沿著陡峭的懸崖蓋在遼闊的山腰上。之所以寫成「好像是」，是因為修道院毀壞得非常嚴重，只剩下地板和一部分牆壁而已。修道院好像是石造建築，會因為火災被破壞成這樣嗎？
「好啦，到嘍。妳——這麼說來，我沒問妳叫什麼名字啊。」
潔絲鞠躬回應諾特無禮的話。
「我叫潔絲。請多指教。」
「這樣啊。妳來這裡想做什麼？」
「呃……首先我想看看建築物。可以進去裡面嗎？」
「誠如妳所見，這裡已經連可以崩塌的牆壁都不剩了。雖然啥都沒有，想進去就自便吧。」
「謝謝您。」
我跟著潔絲進入修道院遺跡。因為一直盯著腳看所以沒注意到，潔絲把拿下來的領巾綁在左手腕上。雖然感覺很礙事，但當作流行飾品還不錯吧。話說回來，纏著奶油色布料的項圈實在難看到不行。看來那個型男絲毫不具備時尚品味啊。雖然我沒資格講什麼，而且那傢伙正因為長得好看，感覺不管穿什麼都會有模有樣，實在令人不爽。

潔絲一邊用左手觸摸崩壞的石牆，一邊將拿著花束的右手貼在胸前，默默地緩慢前進。這間修道院的天花板完全沒有殘留下來。毀壞到看不出原本樣子的牆壁上，殘留著像被熊熊烈火燃燒過的黑色痕跡和剝落的痕跡，但我感到很不可思議，這間石造的修道院有那麼多東西可以燒嗎？一想到五年前潔絲的同族們才在這裡被火燒，感覺胸口好像要被壓垮一般。

潔絲將花束供奉在牆壁的一角，就那樣蹲著不動並閉上雙眼，祈禱著什麼。

我們離開修道院遺跡，只見瑟蕾絲與諾特正等著我們。

「妳滿意了嗎？」

聽到諾特的提問，潔絲環顧周圍。

「那個，我聽說這一帶有泉水……」

「怎麼，妳要沖涼嗎？」

你在期待什麼啊。你下流豬哥嗎？

「不，我是想幫豬先生洗澡……」

「是這麼回事啊。泉水就在附近。走吧。」

就在這時候——

諾特停下行進的腳步，從背心的小口袋裡拿出兩個小顆的立斯塔。潔絲與瑟蕾絲也停下腳步。諾特將立斯塔分別嵌入雙劍的握柄後，解開扣環並將雙手放到握柄上。

他在做什麼？他想用那劍殺害潔絲嗎……？不，若是那樣，他應該會先把瑟蕾絲這個熟人支開後才動手……不過為了以防萬一……

我迅速地移動到潔絲與諾特之間後，諾特開口說道：

「瑟蕾絲，別讓潔絲和豬離開這裡啊。」

諾特這麼說，在轉眼間拔劍。他狠狠地將左手的劍刺向地面，迅速地揮起右手的劍。

啪啉啪啉的聲響傳出，從有些距離的地面冒出火焰與飛塵。我看向那邊，可以看見一隻赫庫力彭敏捷地閃身往後跳，避開火焰。正好就在赫庫力彭著地的時候，從諾特右手的劍冒出的新月形火焰用飛箭般的速度飛馳而去。

這表示他早就事先預料到跳躍的方向了嗎？

赫庫力彭彷彿灶馬一般跳躍起來，避開飛來的火焰。在這段期間內，諾特也一邊用左手拔出劍，同時一蹬地面前進。他將左手朝著懸崖用力往上揮起，衝向赫庫力彭。

岩石與沙礫落在著地的赫庫力彭身上，是從諾特左手的劍冒出的火焰擊碎了懸崖。混入沙塵裡奔馳的諾特，轉眼間就接近到赫庫力彭身旁。

最後我能看見的只有閃耀著紅色亮光的兩抹刀光。

沙塵消失之後，可以看到赫庫力彭倒在諾特旁邊。彷彿禿頭蝙蝠般的頭部被砍落，黑色軀體也被大大地斬斷。

這是僅僅十秒左右的事情。

諾特垂落拿著劍的雙手，緩緩走向這邊。刀刃宛如火焰一般閃耀發光，赫庫力彭黏在劍上、多到會滴落的紅色鮮血在一瞬間化為煙霧。光芒平息下來後，刀刃恢復成原本的金屬光澤。諾特將兩把短劍都收起來。

潔絲手摀住嘴，驚訝得瞠大雙眼，看著諾特。

「抱歉嚇到妳了，因為我決定只要看到赫庫力彭一定要殺掉。」

諾特這麼說道，朝潔絲露出陰沉的微笑。

我心想這傢伙超級不妙啊。根據潔絲的說法，赫庫力彭只是感覺很恐怖，但其實是對人畜無害的生物。這傢伙卻彷彿遷怒一樣，用專家的手法秒殺了赫庫力彭。

我的朋友裡頭也有看到蚊子一律殺無赦的人，這麼說來，那傢伙好像也說過「飛來飛去的蚊子要用手刀的風壓弄暈之後，再用腳狠狠地踩扁。如此一來就能確實殺掉。想靠拍手來打扁蚊子，是外行人才有的想法呢」這類的話。他已經熟練到倘若被蚊子叮，瞬間就會感應到，下個瞬間便會看到扁掉的蚊子黏在他的皮膚上。記得那傢伙應該是經常被蚊子叮的體質。憎恨會使人變強。諾特也對人畜無害的赫庫力彭抱有什麼怨恨嗎？

諾特一臉若無其事的表情，帶領我們到泉水那邊。那泉水大概有旅館的大浴場那麼大。蔚藍清澈的水從底部湧上，不斷地搖晃著水面。

潔絲從包包裡拿出硬毛小刷子，打赤腳走進泉水中，用澄澈的水幫我刷毛。以日本來說的話，現在的氣候就像夏天一樣。冰涼得恰到好處的水感覺十分舒適，梳毛的力道也非常絕妙。諸位。你們有一絲不掛，暴露出自己的全部，讓十六歲少女幫自己洗身體的經驗嗎？嗯，應該沒有吧。真是可憐。畢竟諸位連豬都算不上啊。

——我必須向豬先生道謝才行。因為我睡著的期間，您一直揹著我走。

潔絲這麼告訴我，摸了摸我的頭。

（彼此彼此吧。）

——我是因為必須逃跑，逼不得已才會推著豬先生走。但豬先生不一樣，是為了讓我可以睡覺——

（不是那樣的喔。）

——是嗎？

（我是想被潔絲妹咩柔軟的大腿夾住才那麼做的。）

潔絲呵呵地笑了。

——那麼，我就當作是那麼一回事吧。

我感覺到視線，於是看向諾特那邊。他靠在樹上，彷彿失神似的注視著潔絲。喂喂，太好懂了吧。

我順便也看了看瑟蕾絲的樣子。瑟蕾絲孤伶伶地站在離諾特稍遠的地方，用複雜的眼神望著諾特的側臉。她注意到我的視線，立刻將視線往下移到地面。

唔嗯，希望事情不會變得太麻煩。

當我們回到旅店時，已經是傍晚了。結果除了殺掉赫庫力彭以外，諾特並沒有做什麼奇怪的事情。瑟蕾絲為了工作，急忙走進了旅店的廚房。

諾特在旅店外面很自然地這麼開口了。

「嗳，潔絲，要不要一起吃晚餐？反正妳也沒錢吧，我幫妳出錢。」

「這……很謝謝您。但瑟蕾絲小姐不會生氣嗎……？」

聽到潔絲這麼詢問，諾特感到難以理解似的蹙起眉頭。

「為什麼只是一起吃頓飯，那傢伙就會生氣啊？好啦，要進去嘍。」

諾特推開酒吧的門，走了進去。潔絲微微低頭，跟在他後面。

唉。要是我也能像這樣感覺很自然地邀女孩子去吃飯就好了。但很遺憾地，我能比得上這個型男的可能性為零。雖然也有點想妨礙他們吃這頓飯，但我不具備那種權限。我決定乖乖地當一隻豬，陪他們兩人吃飯。

我們進入酒吧，走到靠裡頭的座位，他們兩人在半隱密的空間面對面。我在潔絲的座位旁邊趴下，只豎起了耳朵。

「哎呀哎呀，諾特，你來了啊。」

旅店的阿姨走了過來。

「大嬸，好久不見啦。」

「狩獵得怎麼樣啊，還順利嗎？」

「很順遂，明天一定可以送熊肉過來喔。」

「是嗎是嗎，不愧是諾特呢。那我來煮火鍋招待你吧。」

「真期待啊。那樣的話，大嬸，可以也讓潔絲吃一頓嗎？」

大嬸的腳在我的眼前看似不滿地往外張開。

「你應該知道吧。我們不能讓赴都中的耶穌瑪在這裡留太久。雖然很遺憾，但要請潔絲明天早上就離開……妳是這麼計劃的吧？」

「是的。我打算明天早上就出發到王都。」

「是喔。那樣的話是無所謂啦。」

「諾特，狩獵針對野獸就好了啊。你腦子裡在想些什麼，我也是看得出來的喔。」

「哦？」

「因為總覺得有點像不是嗎？第一次見到的時候，我也有這種感覺喔。」

「……真囉唆耶，別管我啦。啤酒，給我啤酒。」

「兩杯嗎？」

「……是啊，麻煩來兩杯。」

大嬸的腳不見了。過了一會兒後，瑟蕾絲妹咩的腳走了過來，伴隨將兩個馬克杯放到桌上的聲響。在我觀察瑟蕾絲妹咩的纖細美腿前，美腿的主人一言不發地離開了。

「請……請問……這個是……」

潔絲感到困惑似的說道。

「怎麼，妳沒喝過嗎？」

「嗯，我是第一次喝酒……」

「這裡的酒很好喝喔。要是不合妳的胃口，我會負責喝掉。只有一口也好，妳試喝看看吧。」

「好的，那我就恭敬不如從命。」

卡鏘的乾杯聲響。啊啊，明明我還沒喝過酒的說……過了二十歲的重考生朋友曾跟我說過啤酒很苦，不曉得這個世界的啤酒是什麼滋味呢？話說這世界的啤酒應該不是冰的，製作方法也不同吧。我對它的味道非常感興趣。但是豬可以喝酒嗎？雖然肝臟的功能應該跟人類沒太大差別啦……但也得考慮解酒酵素的分解能力強弱吧。亞洲人跟歐洲人相比之下較不擅長喝酒，是由於遺傳因素的緣故。像是人類可以吃的蔥，讓其他動物食用的話，有時會變成毒。這樣看來，以豬的身體喝酒感覺是相當危險的賭注啊……

總覺得要是不想一下這種無聊的事情，內心會撐不下去。

潔絲似乎很中意啤酒的味道。過了一會兒後，他們聊到赫庫力彭的話題。

「諾特先生為什麼殺了赫庫力彭呢？」
「那些傢伙會帶來不幸。所以才殺了牠。」
「您的意思是這一帶的人認為赫庫力彭會帶來不幸對吧。」
「沒錯。不過是這幾年才變成那樣就是了。」
「原來是這樣呀……」
瑟蕾絲前來將餐點放到桌子上，也放了食物在我面前。是有好好洗乾淨的蔬菜、小顆蘋果與蒸熟的類似穀物的食物。她非常貼心地幫我弄成了像是人類的餐點。
（謝謝妳啊。）
我這麼向她說道。見狀，瑟蕾絲妹咩蹲了下來，與我四目交接。短髮造型，一雙大眼睛，薄薄的嘴唇，稚氣未脫的容貌，金色秀髮柔順纖細，肌膚單薄且光滑細嫩。是個具備夢幻美感的少女。
——不，沒關係。
瑟蕾絲妹咩稍微摸了摸我之後，回到了廚房。我心想她是個比潔絲更加難以理解究竟在想什麼的女孩。
「噯，潔絲，那隻豬是妳的寵物嗎？」
諾特這麼提問。
「呃……是我的朋友。」

「這樣啊。看妳很重視牠嘛。妳照顧牠很久了嗎？」

「不，倒也沒有很久……但牠是跟我同生共死的豬先生。」

「同生共死……？算了，妳們耶穌瑪也會碰到那種情況吧。」

我想也是，我是潔絲的搭檔嘛，也可以說是命運共同體。所以我應該貫徹自己的職責，太愛出風頭是不好的。

那之後我暫時一邊壓抑著內心，一邊吃著草。

「那個，我有一點想睡了……」

他們似乎吃完飯了，潔絲這麼說道。諾特站起身來。

「這樣啊，我送妳回房間。」

「這……謝謝您。」

潔絲站起身，稍微搖晃了一下。諾特立刻一言不發地扶住她的肩膀。

（喂潔絲，妳還好嗎？）

我這麼向她說道。潔絲看向我這邊，露出微笑。

——我沒事喔，感覺心情很好。

（我不是那個意思。這個男人對潔絲——）

——不用擔心，諾特先生不會偷襲我的。

潔絲讓諾特輕扶著肩膀，就這樣走向宿坊那邊。既然她說沒事，就相信她吧。

我稍微保持距離，跟在兩人後面前進。諾特送潔絲到房間後，順勢走進房裡，讓潔絲躺到床上。裡面是簡樸的狹窄個人房。光源只有從窗戶照射進來的月光。我決定在外面等候，直到諾特離開房間為止。

「潔絲，可以陪我一下嗎？」

諾特站著說道。然而沒有回應。

「……睡著了嗎？」

「奇怪？……呃，我沒有睡著喔，只是打了一下瞌睡……」

「這樣啊。」

諾特不知在想什麼，站在房門內側前不動。

喂，你可別打歪主意啊。

就在我打算從鼻子發出哼聲催促他時。諾特在我的眼前從內側關上了房門。嘎咚——響起像是扣上門閂的聲響。我被留在走廊上。

………？

我用鼻頭推動房門。但房門扣上了門閂，從外面打不開。我試著稍微用力衝刺，門扉卻只是發出嘈雜的聲響罷了。我哼齁地叫著。儘管如此，房門依舊沒有打開。我側耳傾聽。沒有聲音。

（潔——）

就在我想呼喚潔絲時，從裡面傳來諾特的聲音。

「——絲，胸口借我靠。」

接著響起了床鋪嘎吱作響的聲音。

咦？……啥？

我的思考當機了。可以感受到不曾經驗過的不快感轉眼間充斥腹部內。簡直就像發熱，像在微微顫抖一般。

我不曉得該做什麼才好，往後退遠離了房門。沒錯，我什麼都不用做，潔絲很安全，因為她很清楚地說過「諾特先生不會偷襲我」。相信潔絲吧。我別待在這裡比較好。

我用跑的衝出了旅店。

是半夜的事情了。門打開的聲響讓我醒了過來。

我被擋在門外後，躲到了旅店前的灌木叢裡。這是為了監視有沒有可疑分子過來。

大約三十分鐘後，諾特從旅店走了出來，消失在夜晚的黑暗裡，我便在他離開後回到潔絲的房間。潔絲安穩地睡著。我無從得知諾特做了什麼。老實說我根本不願去想那個混帳傢伙在潔絲胸口上做了什麼。我一進到房間，立刻在床鋪旁邊的狹小縫隙間蜷縮起身體，進入夢鄉。

眼睛逐漸習慣了。我在黑暗當中悄悄地轉動頭部，窺探發出聲響的房門那邊。雖然房門半開，但沒有任何人走進來。我加強戒心。打開房門的是誰啊？

——豬先生，抱歉吵醒您了。

是瑟蕾絲。搭在纖細脖子上的小巧臉蛋從房門對面稍微探頭看向這邊。

（怎麼啦？都這麼晚了。）

——我有事找您商量，能請您稍微陪我一下嗎？

（我知道了。要陪妳去哪？）

——要不要到外面去呢？

（我不太想離開這裡耶……）

——不要緊的，不會去太遠的地方。

我在瑟蕾絲的帶領下來到旅店外面。數不清的繁星裝飾著天空，被森林圍繞住的村莊與星空形成對比，是彷彿要吸入所有光芒般的黑暗。

瑟蕾絲坐到感覺挺適合談心的草地上，因此我也在她旁邊趴上地面。

（妳要商量的是什麼啊，是一隻豬也能辦到的事情嗎？）

瑟蕾絲用難以言喻的表情看向這邊。

「是的。」

（告訴我吧。我會盡可能幫忙。）

「……希望您明天一早可以向諾特先生揭露您的真實身分。」

就只是這樣嗎？我這麼心想。

（反正應該不會再回到這村莊了，沒問題。但特地一早就去見諾特有什麼意義嗎？）

「不，沒必要去見諾特先生。諾特先生早上一定會來見潔絲小姐的。」

為什麼呢？我一邊思考，一邊回想起沒多久前的事情。在我的眼前關上房門，與潔絲兩人獨處的諾特。要潔絲胸口借他靠，爬到床上的青春期少年。我原本以為他是個明辨是非的傢伙，但他搞不好在我沒看到的地方壓在潔絲身上……

瑟蕾絲暫時面無表情地看著我。我回看著她。她有著一雙大眼睛，彷彿可以看見星星映照在眼眸裡。仔細一看，她的右眼角有顆小小的愛哭痣。愛哭痣在月光下閃著光芒。

當我注意到時，淚水已經從瑟蕾絲的眼眶中掉落，滑過了臉頰。

（喂……妳怎麼啦？）

看到十二三歲的少女在眼前哭泣，我束手無策。

「果然……諾特先生對潔絲小姐……」

然後瑟蕾絲開始放聲大哭了起來。瑟蕾絲從上方抱住感到困惑的我。她纖細的胸骨頂到我的脊背。她不斷地發出嗚咽。

啊啊——我這麼心想。我想像的內容也全部洩漏給瑟蕾絲了啊。或許應該先瞞著這個戀愛中的年幼少女才對。

「我已經十三歲了。」

瑟蕾絲一邊哭泣，一邊這麼告訴我。

（瑟蕾絲喜歡諾特嗎？）

可以感受到瑟蕾絲在我背上點頭，回應我問題的動作。

「我明白的，身為耶穌瑪又是個孩子的我沒有那種資格。但是……」

瑟蕾絲總算將上半身從我身上移開。

「但是我不希望諾特先生離開。」

（妳說不希望他離開是指？）

「諾特先生打算跟潔絲小姐一起去王都。」

「諾特先生打算成為潔絲小姐的夏彼隆呀。」

（……啥？）

（夏彼隆？先等一下，那是什麼啊？）

瑟蕾絲一邊從雙眼和鼻子不斷流下淚水，一邊說道：

「有這麼一個傳說。聽說順利進入王都的耶穌瑪具備某個條件。就是擁有聰明且勇敢的同行者，被稱為夏彼隆的存在……但是據說夏彼隆一定會跟耶穌瑪一起消失無蹤……永遠不見蹤影。」

原來如此。諾特做好覺悟要拋棄現在的生活，打算跟潔絲一起到王都嗎？到那個與世俗隔離開來、沒有出口的王都。瑟蕾絲不想要他那麼做，所以才希望我可以揭露真實身分，告訴諾特「已經不需要同行者」。

「豬先生也不想看到諾特先生成為夏彼隆對吧。因為豬先生你——」

喂，別說啦。

「因為豬先生你喜歡潔絲嘛。」

那一句話刺進了阿宅的豬心裡。

（……就算簡單來說是喜歡，大人的世界也是很複雜的啦。阿姨曾說過瑟蕾絲從大約五年前起就在這裡工作對吧。那樣的話，一定是花了很長的時間，才喜歡上諾特的吧？那樣是無所謂啦。我認為是很棒的經驗，也是值得實現的戀情。）

「豬先生的戀情不值得實現嗎？」

（不值得啊。）

「為什麼呢？」

（我跟潔絲昨天才相遇喔。她對我很親切，是我擅自抱持了好感。就只是這樣罷了。不過是一隻豬，竟然想要把潔絲變成屬於自己的，實在太任性妄為了。潔絲對大家都很溫柔。她是會為了大家付出一切的人。絕對不會變成只屬於我的存在。這是當然的。）

也是因為潔絲對大家都很溫柔，才會信任諾特。潔絲的那份溫柔絕對不是僅限於我。關於這一點，事到如今我已經不覺得有什麼。畢竟我可不是白白當了十九年的處男。

附近發出呼齁呼齁的聲響，我發現那正是自己急促的鼻息。我在激動個什麼勁啊？愣靜一點。

就在我調整呼吸時，瑟蕾絲窺探著我的眼睛。

「可是豬先生也不樂見諾特先生變成夏彼隆吧？」

（或許是那樣。但我無法只因為自己的心情而妨礙潔絲的旅程。）

「咦，可是那樣的話……」

瑟蕾絲那雙大眼睛又開始濕潤起來。

（冷靜一點，放心吧。為了瑟蕾絲，我會揭露我的真實身分。）

「是這樣嗎……謝謝您。」

瑟蕾絲用手揉了揉眼睛，看向星空。

「但是，就算我再努力幾年，感覺也比不上潔絲小姐呢。因為潔絲小姐與諾特先生才相遇不到一天就……」

（沒那回事喔。瑟蕾絲也是個很棒的女性。妳非常迷人，假如我是人類的話，說不定現在就在這邊撲倒妳了。）

「那個，那有一點……」

她退避三舍。誤會啊，這是誤會。

「……豬先生喜歡年幼的女性嗎？」

（不，剛才是我失言了。妳聽聽就算了吧。）

瑟蕾絲有些含蓄地笑了。首次看見的笑容非常惹人憐愛。

「可是，我知道自己比不上的，因為潔絲小姐很相似。」

是跟誰相似——我正想這麼問時，記憶一口氣復甦過來。

——因為總覺得有點像不是嗎？第一次見到的時候，我也有這種感覺喔。

旅店的阿姨也說過類似的話啊。是像誰呢？就前後文來推測，只能想到是與諾特親近的女性。是他憧憬的女性，或是以前的戀人嗎？

我想到一個很有可能的答案。諸位是否知道呢？

——抱歉嚇到妳了，因為我決定只要看到赫庫力彭一定要殺掉。

諾特對赫庫力彭固執的殺意。

——您的意思是這一帶的人認為赫庫力彭會帶來不幸對吧。

——沒錯。不過是這幾年才變成那樣就是了。

諾特從幾年前開始憎恨起赫庫力彭，從那番對話中可以這麼理解。

幾年前發生了什麼事呢？

——是五年前的事了。我們曾經把迎接十六歲生日的耶穌瑪們藏匿在修道院裡。

——該不會是巴普薩斯的修道院吧？

巴普薩斯修道院的悲劇。因為火災與耶穌瑪狩獵者，有許多耶穌瑪喪命了。

其中一人的項圈被裝飾在旅店裡。

——那是一名獵人從耶穌瑪狩獵者那裡拿回來的喔。是這個村莊的驕傲。

從阿姨與諾特的對話當中，可以推測出諾特是個獵人。他殺掉赫庫力彭的熟練手法，在這個世界應該也算是相當優秀的獵人吧，會變成村莊的驕傲也是正常的。要說是碰巧的話，實在巧合過頭了。

換言之……

諾特愛上的是五年前死掉那個叫伊絲的耶穌瑪嗎？

我猜是這麼一回事。

諾特小時候愛上了在旅店工作的耶穌瑪伊絲。伊絲年滿十六歲後沒有前往王都，而是在巴普薩斯的修道院生活。但修道院燒燬了，伊絲慘遭耶穌瑪狩獵者殺害。赫庫力彭大概在某個環節聚集起來或是做了什麼吧，所以赫庫力彭開始在村莊裡被當成不幸的兆頭，諾特甚至對赫庫力彭抱持起殺意。後來諾特從耶穌瑪狩獵者那邊奪回了憧憬的伊絲的項圈……

這麼一想，至今獲得的情報都完美地契合起來。

「豬先生的直覺很敏銳呢。沒錯。諾特先生愛上了名叫伊絲小姐的人。雖然那份戀情結果沒有實現……」

（妳見過伊絲嗎？）

「不，我只有看過照片而已。諾特先生總是會配戴著烙印了伊絲小姐身影的玻璃項墜。」

（他真是專情啊。）

雖然鑽進了潔絲的被窩裡。

「對呀。而且諾特先生的雙劍，握柄有一部分使用了伊絲小姐的骨頭。只要諾特先生的執著沒有消失，雙劍的火焰就會燃燒立斯塔，不斷砍殺仇敵吧。」

與其說是專情，更接近執著嗎？原來殺掉赫庫力彭的是憎恨的火焰嗎？

（是這樣子啊。）

「諾特先生的內心已經沒有我能介入的空隙。」

瑟蕾絲面向下方。換個話題好了——我這麼心想。

（嗳，為什麼大家會開始認為赫庫力彭會帶來不幸啊？）

「……我想大概就跟您猜想的一樣。聽說從火災發生前沒多久起，赫庫力彭便開始頻繁地出現在修道院周遭。雖然好像沒有危害人類……但我聽說從那之後，村民就開始相信赫庫力彭會帶來災難。」

（這樣啊，謝謝妳。）

「……那麼，我們差不多該回去了。」

（說得也是。）

我一邊看著瑟蕾絲妹咩的美腿，一邊回到旅店。我在入口前叫住瑟蕾絲。

（嗳，瑟蕾絲，最後可以聽我說一句嗎？）

轉過頭來的瑟蕾絲蹲下來看向我。

「好的，請儘管說。」

（明天早上，瑟蕾絲可以也到酒吧等我們嗎？希望妳能幫忙說服。）

「我知道了。我當然會幫忙。」

（拜託妳啦。）

「那麼，我帶您到房間。」

就這樣，瑟蕾絲目送我到潔絲的房間。

總算能夠一個人獨處了。這下便能擬定策略。

雖然在一起的時間很短暫，但我自認對潔絲的想法有某種程度的理解。所以我能夠預測，應該察覺到了瑟蕾絲那份戀情的潔絲，就算我不在，也會堅決推辭諾特的同行。

我應該思考的是如何說服**潔絲**。

床鋪嘎吱作響的聲音讓我醒了過來。我微微睜開眼睛，只見曙光從窗戶流洩進來。

「那個，豬先生，早上了喔。」

潔絲輕輕碰觸著我的背。

（嗯嗯……已經這種時間了嗎？）

「昨晚……那個……失禮了。」

（失禮什麼？）

我的說法不禁變得有點壞心眼。

「呃……晚餐後我回到房間，就立刻睡著了……我想應該把豬先生丟在一旁了。難得您願意陪我走這一趟，對不起。」

（別放在心上。妳應該很累吧，那也是沒辦法的。）

「您果然在生氣對吧？」

潔絲從床鋪裡出來，與我面對面。雖然連身裙多了一些皺褶，但並沒有特別衣衫不整。

（為什麼我得生氣才行啊？潔絲能好好睡上一覺的話，我就心滿意足了。身體狀況如何？頭部或是……身體的某處會不會感到疼痛？）

潔絲露出感到有些不可思議的表情，但立刻轉變成笑容。

「感覺沒問題。我非常有精神喔。」

她這麼說，在胸前雙手握拳。

（這樣啊……那麼，吃完早餐就出發吧。）

我們進入酒吧，只見有一名客人先到了。是諾特。睡到金髮亂翹的型男混帳，蹺著二郎腿坐在窗邊，把頭靠在窗戶上，張大嘴巴在睡覺。

潔絲從廚房拿了早餐過來後，坐到較遠的座位，以免吵醒諾特。我注意到瑟蕾絲不時從廚房偷瞄著這邊。

要是就這樣不叫醒諾特的話……這樣的思考有一瞬間閃過腦海中，但我做好覺悟，故意打了個噴嚏。

「噗嚄哈啾！」

難以形容的不快聲響撼動我的鼻子。伴隨嘎達的聲響，諾特驚醒過來。

諾特揉了揉眼睛，看向這邊。潔絲轉過頭去，兩人四目交接。

「啊……早安，諾特先生。」

諾特沒有回應。他緩緩站起身，來到這邊。

諾特一屁股坐到潔絲附近的座位上。

「嗳，潔絲。」

諾特咳了一聲清喉嚨。

「我稍微想了一下，怎麼說呢，那個，我也跟妳——」

「那個！」

瑟蕾絲踩著碎步跑過來，打斷了諾特。

「諾特先生，我有話要說。」

「瑟蕾絲……怎麼了嗎？」

「那隻豬先生其實是人類。」

諾特呆住了。瑟蕾絲啊，妳也太不會斟酌時機了吧。

「妳說豬怎麼了？」

「潔絲小姐帶在身邊的那隻豬先生，內在是一個人類。沒錯吧？」

請說幾句話——我在腦內聽見瑟蕾絲這樣的聲音。

（啊——早安。）

我看向諾特那邊，如此傳達。諾特頓時嚇了一跳，看向了我。

「剛才是你在說話嗎？」

耶穌瑪的能力似乎也能像路由器那樣使用。

（正是如此。我是豬。）

「真可疑啊。你跳躍一下看看。」

我立刻跳躍起來。諾特瞬間漲紅了臉。

（怎麼樣，相信了嗎？）

「你……從何時開始……」

（從昨天第一次碰面起，我就一直在看著喔。在你讓潔絲喝酒之後也是。）

諾特一臉目瞪口呆地看著我。他的耳朵紅通通的。

瑟蕾絲拚命地說道：

「潔絲小姐已經有夏彼隆陪伴了。所以說——」

（所以說諾特，身為夏彼隆的我有事拜託你。）

「什麼事？」

（你能不能跟我們一起到王都啊？）

「咦？」

瑟蕾絲與潔絲同時發出這樣的聲音。

「你在打什麼主意？」

我一邊踢達踢達地走著，一邊回答諾特的問題。

（你的劍術還有從耶穌瑪狩獵者那裡奪回項圈的實際功績。為了讓潔絲平安到達王都，我認為你是不可或缺的。所以我想拜託你，你能不能作為保鏢，與我們同行到王都前呢？反正你也是抱著這種打算到這裡來的吧。）

諾特像是試圖看透現在是什麼情況，他沒有開口。

「豬先生……這跟說好的不同。」

瑟蕾絲用非常困惑的模樣看著這邊。

潔絲開口說道：

「那個。就算沒有諾特先生在，我也不要緊的，因為有豬先生陪我一起。」

（真的是這樣嗎？那個刀疤男的確光靠我們兩人也應付過來了。但那是因為他行走不便，而且幾乎沒有武器或技術可言。即使如此，我也受了重傷。照這樣繼續旅行下去，又遭到襲擊的時候，無法保證下次也能平安無事。）

潔絲陷入了沉默。

——可是瑟蕾絲小姐她……

她沒有說出口，這麼傳達給我。

我看向瑟蕾絲。

（瑟蕾絲，現在沒有其他客人在場。妳要不要試著把自己的真心話好好地說出來呢？）

「咦，怎麼突然——」

（怎麼啦，現在不說的話，諾特就要走掉了喔。）

——豬先生，瑟蕾絲小姐也有她的難言之隱。

（我知道喔。因為昨天晚上聽她本人說了嘛。）

「這是怎麼一回事啊，瑟蕾絲？」

諾特蹙起眉頭，同時輪流看著我們三人。

「那個……我……」

加油啊，瑟蕾絲，已經無路可退嘍。

「我不希望諾特先生離開。因為我……喜歡諾特先生。」

瑟蕾絲對諾特露出了至今不曾展現過的少女表情。

啊啊，真羨慕啊，我也好想過著像這樣被可愛女孩子告白的人生。

雖然大概一輩子都沒機會吧。

「瑟蕾絲，妳……」

諾特的臉頰泛紅起來。五年前，諾特的年齡應該跟瑟蕾絲差不多吧。

「我知道自己沒那種資格。我也知道諾特先生對我沒有任何感覺。儘管如此，我還是不希望諾特先生離開。一想到假如諾特先生跟潔絲小姐一起離開，就一輩子再也見不到面了，胸口就覺得好難受……」

（我不會讓事情變那樣的。）

突然插嘴真是抱歉啊。不過，我必須把這些話說在前頭才行。

（在進入王都前，我絕對會請諾特回到這村莊。因為諾特應該在瑟蕾絲滿十六歲的時候，當瑟蕾絲的夏彼隆才對啊。會跟潔絲一起消失的，只有我而已。）

瑟蕾絲看向這邊。

「您能跟我約定嗎？」

（當然可以。）

「這樣的話……我就沒理由挽留諾特先生了呢。」

（她這麼說喔。潔絲，妳要怎麼做？）

「我……因為豬先生說有必要，所以我希望諾特先生可以同行。」

（那麼諾特，之後就只等你的決定了喔。）

「……搞什麼啊，是叫我當免費保鏢嗎？」

諾特大為光火。獵人表情氣憤地看向這邊。

（你以為會有什麼報酬嗎？這是為了保護潔絲。就只有這個理由。）

諾特咂了聲嘴。

「為什麼我有那個義務？」

（萬一潔絲被耶穌瑪狩獵者殺害，你也無所謂嗎？你打算到時才奪回項圈，用潔絲的骨頭打造一把新的劍嗎？）

諾特瞠大了眼睛。

「你……」

（男人一言既出，駟馬難追喔。你是想跟潔絲同行才到這裡來的吧。就算多一隻礙事的豬，還是希望你可以完成已經決定要做的事情。我求你了，別讓潔絲死掉啊。）

諾特暫時一言不發。他眉頭深鎖地看向天花板，看向裝飾在牆上的項圈，然後看向我。

「好吧。你可別後悔啊，臭豬仔。」

將早餐的錢付給大嬸後，潔絲、我，以及諾特便從村莊出發。

瑟蕾絲在旅店前目送我們離開。

臨別時，潔絲開口說道：

「我會好好地把諾特先生還回來。再見。」

（瑟蕾絲，感謝妳幫了我很多忙。多保重啊。）

我一邊讓瑟蕾絲摸摸我，同時只傳達了這些話。

「要是豬先生的願望也能實現就好了呢。」

瑟蕾絲小聲地這麼說道，露出微笑。

我們離開旅店的時候，瑟蕾絲大大地揮動她小小的手。

第三章 不要嘲笑別人的祈禱

簡直像是理所當然的一般，諾特身旁帶著一隻狗，名字叫做羅西，是一隻公的白色大型犬，散發著感覺就算被說是狼，也會讓人信以為真的風範。羅西的左前腳緊緊地纏著銀製腳環。牠異常地親人，瘋狂地聞著潔絲的赤腳。也讓我聞一下啊──我決定把這句話留在心底，不說出來。

根據諾特的嚮導，離開村莊後先跨越叫「油之谷」的地方，在下個叫「繆尼雷斯」的大城市住一晚，採購食物，然後隔天晚上在「十字架岩地」度過一晚似乎是最好的路線。據說穿過岩地後就是沿著丘陵地帶一直前進，以位於其中心的王都為目標。王都被叫做「針之森」的深邃森林圍繞，那裡不僅成了耶穌瑪狩獵者的溫床，還棲息著許多赫庫力彭，因此諾特誇口說他打算將來要燒光一切。

美少女、型男、豬、狗，奇怪的一行人展開旅程。

在旅程途中，諾特基本上沉默寡言。他讓羅西四處走動，同時淡然地快步前進。我拜託潔絲擔任路由器，讓諾特也能聽見我括號中的思考，但諾特不曉得是在不爽什麼，根本看也不看我這邊，更遑論向我搭話。完全把我當成家畜看待。

另一方面，潔絲則是會因為一些無關緊要的事情笑咪咪地向我搭話，像是「啊，有好漂亮

的蝴蝶呢」或是「這裡的水真好喝呢」之類的。倘若是阿宅，八成會立刻自作多情起來，但我是一隻豬，不會做出那麼愚蠢的事情。我頂多是做出像個理系大學生的回答，例如（這是一種斑蝶啊。牠們會翻山越嶺，能夠飛行相當長的距離），或是（因為這些水鈣質含量少，比較軟的關係吧。這一帶很多火山岩，所以會讓口感變硬的成分不容易溶化）等。潔絲好奇心旺盛，會提出許多問題。假如出生在不同地方，她說不定會成為傑出的學者呢——我茫然地想著這些事情。

然後，跟羅西變成好朋友這件事很簡單。光是在諾特周圍打轉或是聞潔絲的體味似乎無法滿足牠，羅西也會來找我玩。牠會把下顎放在我的屁股上嬉戲，因為太可愛了，我也忍不住會逗牠玩。看著羅西試圖用各種方法玩樂，我開始覺得牠應該是相當聰明的狗吧。

我們到達油之谷。在清澈的水潺潺流動的溪谷上，有一座大吊橋。然而諾特卻朝吊橋的相反方向前進。

「諾特先生，我們不走吊橋嗎？」

諾特粗魯地回答潔絲的問題。

「要是走像吊橋這種好找的地方，很容易被麻煩的傢伙盯上。只是要到稍微下游處，往下到河川那邊踩踏腳石渡河而已。忍耐一下。」

「原來是這樣呀，我會努力走的！」

在撥開草叢沿著陡坡往下走的途中，潔絲向我說明。

「這裡的地名由來是暗黑時代的戰爭。聽說在那之前好像是挺可愛的名字，但在這一帶發生的戰爭造成好幾千人死亡，那些人的鮮血染紅了山谷，看起來就像油在流動一樣，因此才會開始被人稱為『油之谷』喔。」

雖然潔絲講得好像是哪天會派上用場的小知識，但內容異常血腥。

（所謂的暗黑時代，是指魔法使們在爭鬥的時代沒錯吧？）

「沒錯。據說那是有許多魔法使率領其他種族的軍隊爭奪霸權，反覆戰爭的時代。聽說魔法使的力量非常驚人，戰爭大多是因為魔法使死亡而劃下句點。聽說碰到彼此都不好對付，導致戰爭持續很長時間的情況時，喪命的人甚至多到鮮血會染紅河川。」

（那麼強大的魔法使幾乎全員都死亡，現在只剩下一支血脈了嗎？沒有存活下來的其他魔法使，或是一直躲藏起來的魔法使嗎？）

「這個嘛……倖存下來的魔法使可能是被國王的祖先殺光，或是逃離了梅斯特利亞……關於暗黑時代以前的歷史，幾乎所有紀錄都燒燬了，文獻非常少。現在成為主流的史書，追本溯源的話無論哪一本似乎都是以國王祖先的口述為根據，好像不是很熟悉古早的歷史呢。」

歷史是由勝者記錄的。我切身感受到無論在哪個世界，這點都是一樣的呢。

「肯定是殺光了吧。」

諾特開口說道。他依然背對著這邊，像在咒罵似的說道：

「擁有力量的傢伙，只要活著就可能構成威脅。想要保護自己的話，殺掉敵人是最好的辦法。」

但是殺掉同族的話，魔法使這個種族滅亡的可能性也會提升不是嗎？倘若即使這樣還是互相廝殺了，那可以說魔法使是生來就注定會滅亡的種族吧。

我們一個勁兒地前進，傍晚時總算到達了繆尼雷斯。那是個擁有寬廣的石板路大街，熱鬧繁華的商業都市。許多馬車在大道上往來，沿街商店擠滿男女老幼，十分熱鬧。潔絲將原本纏在手腕上的領巾戴到脖子上，讓人即使從近處看也不會起疑。諾特走進武器店，買了很多小東西回來。

廣場上有一座雕刻著裸體少女的小型噴水池，諾特在廣場一邊整理行李，一邊說道：

「繆尼雷斯有王朝手底下的士兵駐守，算是比較安全的城市。今晚就在這裡找住宿的地方，度過一晚。路途還很漫長。好好歇一下腳吧。」

我想要提議一件事。我透過潔絲向諾特搭話。

（噯，諾特，這城市的交通工具似乎很豐富啊。安排一下類似馬車的交通工具，應該會更安全且快速吧？）

諾特不屑地笑了笑。

「你是外國人嗎？梅斯特利亞的法律嚴格禁止耶穌瑪搭乘交通工具。搭乘交通工具的耶穌瑪不用說，讓耶穌瑪搭乘的人也是死刑。」

只是搭乘交通工具就會被判死刑？之前都不曉得……我想相信豬應該不算交通工具。

（是這樣子啊。可是為什麼？）

「我哪知道啊，王朝就是這麼說的，民眾只能服從而已。」

（……這樣啊。）

連這麼基本的事情都沒有試著去了解的自己實在太丟臉了。

（感覺還有其他我不知道的規定呢。可以趁這個機會告訴我嗎？）

諾特沒有回答。我面向潔絲那邊，於是潔絲替我說明。

「關於耶穌瑪的規則有兩條。一條是不可以讓耶穌瑪搭乘交通工具，也就是禁止運輸。另一條是……」

潔絲有些支支吾吾地開口說道：

「不可以侵犯耶穌瑪，也就是禁止姦淫。」

諾特似乎正在仔細斟酌小顆的金屬球體，他沒有反應。

（打破那規則也是死刑嗎？）

「……對。」

太好了啊，諸位。看來我們的潔絲妹咩似乎跟我一樣是純潔之身。不過……

（啊啊……怎麼說呢，那個……具體來說，會被判死刑的界線在哪裡啊？）

我試著說出來後，不禁自責我在詢問十六歲的少女什麼東西啊。我連忙補充說明。

（妳想想，應該也有耶穌瑪是男人的情況吧。）

諾特突然用嚴厲的語調插嘴。

「別把人當傻瓜啊，臭豬仔。怎麼可能有男的耶穌瑪啊？」

（啥？耶穌瑪只有女的嗎？）

「沒錯。」

潔絲的回答讓我感到納悶。難道耶穌瑪這個種族會無性生殖嗎？還是說會與人類交配，藉此存續下去呢？……不過算啦。

（暫且不提那些……諾特，你昨晚做的事情不會抵觸到規則吧？）

雖然我也覺得自己這樣很醜陋，但還是忍不住問出口了。因為我認為這是個可以確認昨晚在那個密室裡，諾特對潔絲做了什麼的好機會。

「閉嘴。」

諾特停止把玩小道具，瞪著我看。他的耳朵紅通通的。

「……你是在揶揄我嗎？」

（不，我並不是在揶揄你……）

「我話說在前頭，我是很尊重耶穌瑪的權利的。獵人是自由之民，也會平等對待耶穌瑪。

所以即使沒有法規，我也不會不合理地壓榨耶穌瑪。就算是諷刺，也有可以說的話跟不該說的話喔。」

嗯？諷刺？他在說什麼啊……？

「晚上那件事，你想嘲笑我就笑吧。因為我不曉得你在門外聽著，才會暴露出那種悲慘的聲音。不過男人也是會有一兩件想哭訴的事情吧。我會哭是因為喝醉了。我平常可是連一滴眼淚也不會掉的。」

雖然我的目的達成了，不過諾特好像誤以為昨天晚上我在門外聽見了所有他對潔絲做的事情。然後我應當會偷聽到的場景，似乎跟我擔憂的狀況相距甚遠。

他說的「胸口借我靠」，原來是指那麼回事嗎？他單純只是想找潔絲哭訴一下而已嗎？

我似乎錯過了告知他我什麼也沒聽到的時機。諾特滿臉通紅地將臉撇向一旁，潔絲則是看來有些驚慌地將手貼在胸前，看著我和諾特。

強烈的自我厭惡感瞬間襲向了我。我因為無聊的猜忌，讓氣氛尷尬到極點。啊啊，阿宅這種生物就是這樣才糟糕。諸位也要小心點啊，關於男女之間的話題，可以不用追究的事情就不應該去追究。

因為諾特實在太可憐了，我老實地告訴他昨晚的狀況我完全沒有聽見，因此才會懷疑諾特是否對潔絲做了什麼不好的事情。

諾特只說了句「是喔」，那之後在移動到住宿處的期間，他看也不看我一眼。只不過，我能清楚地看見從他剪短的金髮裡露出來的耳朵，有好一陣子像蘋果一樣紅。

我心想他其實也不是個壞人嘛。說不定他是想起以前迷戀的伊絲，才會衝動地忍不住向潔絲撒嬌。他之所以會哭泣，或許是因為忘不了伊絲。不，他應該沒有忘記。因為對赫庫力彭的殺意肯定就是那激烈的心情噴發而出。

我會想讓諾特成為同伴，正是因為看中他那專一的熱情。假如我們遭到耶穌瑪狩獵者襲擊，縱然我們對他無恩，諾特也會幫忙排除耶穌瑪狩獵者吧。我的工作是將潔絲平安地送到王都，為此我必須運用各種手段。即使要濫用十三歲少女的戀情，或是玩弄純情獵人的心意，我也必須厚臉皮地追求潔絲的安全，因為那就是我的職責。

——原來豬先生一直在替我考慮這些事情呢。

為了不讓諾特聽見，潔絲這麼將內心的聲音傳達給我。

（剛才那些全部是內心獨白。被人聽到很難為情，所以妳再繼續擅自讀心的話，我就要擅自偷看潔絲的內褲嘍。）

——對不起，因為無論如何都會聽見……所以豬先生也是，想看內褲的話，隨時都可以看喔。

（……我不是那個意思。我又不是烏龍，對單純的布料沒興趣呢。）

——烏龍？

（別放在心上。那是我故鄉的故事。）（註：出自漫畫《七龍珠》的角色「烏龍」）

就在我們進行這種無意義的交談時，天色完全暗了下來，諾特幫忙找到了適合的旅店。用淡褐色灰泥塗抹的外牆上掛著閃耀橘色光芒的提燈，隱約地照亮被裝飾著的花朵。雖然小間卻也給人整潔的印象。根據諾特所說，這裡的老闆是大嬸——也就是瑟蕾絲的女主人的熟人，所以能夠信賴的樣子。

晚餐在旅店的餐廳解決了。諾特基本上沉默寡言，但喝起啤酒之後，就會慢慢地開始跟潔絲或我閒聊。是因為發生了昨天那件事嗎？潔絲婉拒了啤酒。諾特似乎不曉得什麼叫做客氣或自重。

在地板上吃著根菜拼盤的我，偶然抬頭仰望潔絲時，發現大腿——發現牆上裝飾著耶穌瑪的銀製項圈。跟在瑟蕾絲工作的旅店看見的一樣，有兩把長劍在項圈裡頭交叉。

（噯，潔絲，這裡也裝飾著項圈耶……那是什麼魔法嗎？）

潔絲笑咪咪地向我說明。

「那是銀之紋章。裝飾銀之紋章是耶穌瑪監護人的證明喔。」

（妳說那個嗎……？會搶奪銀製項圈的那些傢伙應該可以輕易模仿吧？）

「耶穌瑪的項圈呀，從身體上被拿掉的話會釋放龐大的魔力，同時自毀。通常銀會立刻變得漆黑。但如果是由被耶穌瑪仰慕的人管理，項圈便會彷彿擁有感情一般，不會失去光輝。」

諾特一邊餵羅西帶骨的肉，一邊看向餐桌底下的我。

「相反地，那種會對耶穌瑪動手的傢伙一靠近，項圈就會發黑，然後風化。所以只要那個還閃耀發亮著，這間旅店就很安全。」

（可是，說不定是假的項圈吧。）

聽到我這麼說，諾特一臉麻煩似的挑起眉毛。

「真是一隻龜毛的豬耶。耶穌瑪一看就知道是真是假啦。」

（是這樣嗎？）

「對，沒錯。我能夠看見獨特的光芒，聽見像是歌聲的微弱聲音。」

諾特看來有些驚訝的樣子。

「哦，妳還能聽見聲音嗎？真稀奇啊。」

雖然不是很懂，但潔絲在耶穌瑪當中似乎也算是相當優秀的那一種。會被基爾多林家這種有權有勢的豪族僱用，也是因為她很優秀的關係吧——諾特擅自這麼推測。

兩人與兩隻一起咀嚼著食物的同時，我從潔絲與諾特口中得知銀之紋章被特別的魔法守護著，還有只要控制住項圈自毀，就能成為強力的魔力來源等事情。我在這當中提出了一個根本的疑問。

（嗳，耶穌瑪是什麼時候被戴上項圈的啊？……應該說只有女性的耶穌瑪到底是從哪裡冒出來的？耶穌瑪是從誰身上生出來的啊？）

諾特浮現出陰沉的笑容。

「你連這種事都不曉得，就想當夏彼隆嗎，臭豬仔。」

諾特咕嚕一聲地灌了口啤酒，用手擦拭沾在上唇的泡沫。

「我來告訴你吧。耶穌瑪大概在八歲左右，就會以訓練成侍女的狀態，被王朝拿出來賣。有權有錢的人家會購買耶穌瑪，被送到買主身邊時已經是戴上項圈的狀態了，在那之前的事情沒有任何人知道。父母是誰、何時被戴上項圈、在哪裡接受訓練，這些都依然成謎，就連她們本人也完全沒有到達要服侍的人家前的記憶。」

我不太能理解他說的話，不禁呆住了。在已經戴上項圈的狀態下，才八歲就被出售，以侍女的身分工作……？那樣簡直就像……

「那個，豬先生，請不用擔心。身為侍女的生活並沒有那麼糟糕喔。能夠購買耶穌瑪的只有富裕的人家，富裕人家的人們都非常溫柔。我服侍了基爾多林家很長一段時間，這段期間有拿到工資，也有自由時間。他們還有讓我念書，我覺得是一段很快樂的生活。」

諾特感到憐憫似的看著潔絲，卻什麼也沒說。我也沒那個心情去糾正潔絲的想法。羅西不客氣地咯吱咯吱咬碎某種肉的骨頭。

「睡覺吧。明天也會是漫長的一天。」

諾特這麼說，將馬克杯裡的啤酒喝光。

兩張床鋪相隔一段距離並排著的狹窄房間。諾特一進入房裡，就毫不猶豫地飛撲到其中一張床上，很快地呼呼大睡了起來。羅西在附近的地板上蜷縮起身體。潔絲輕輕地坐到另一張床上，對我笑了笑。

（……怎麼了？快點睡覺吧。）

——豬先生。要不要稍微聊一下呢？

潔絲沒有發出聲音，這麼傳達給我。

（嗯，只聊一下倒是無妨……）

——請過來這邊。

潔絲用手咚咚地拍了拍她身旁的空位。

被美少女邀請到床上這種前所未聞的事情，讓我的思考迴路很輕易地短路了。我什麼也沒想，爬上床到潔絲身邊趴下。潔絲稍微挪動了腰，貼近我身旁。潔絲的腰與我的側腹互相接觸。是因為緊張嗎？五花肉繃緊了起來。

潔絲的手溫柔地撫摸著我的耳朵後方。嚄嚄……

（那麼，妳想說什麼？）

我這麼詢問，於是潔絲靦腆地露出微笑。

——也不是一定要說什麼……只是想閒聊一下。

（是嗎，那麼……來說些什麼吧。）

不小心做出像傻瓜一樣的回答。

——……豬先生有沒有什麼想跟我說的事情呢？

她這麼問我，但我什麼都沒在想，所以不知該如何回答。

（不，沒什麼想說的……我一時間想不到啊。）

——這樣子嗎。那麼，就由我……

潔絲像在思考什麼似的稍微低下頭。明明應該是沒什麼的時間，豬心卻毫無意義地受到動搖。潔絲的雙眼看向了這邊。

——那個，豬先生，我必須道歉。

（……為什麼道歉？）

——為昨天晚上的事情。喝酒之後感覺變得飄飄然的……結果把豬先生丟在一旁，讓諾特先生進了房間。我想那樣應該不太妥當吧……

一想起被擋在門外的事，就有種腹部發燙起來般的感覺襲向我。感覺好像肝臟沒烤熟一樣。這種不快感是什麼啊？

（這也沒什麼，妳只是聽那傢伙訴苦而已吧。潔絲可以看透諾特的內心，知道自己很安全。既然這樣便沒什麼好道歉的。不過，如果會變得想睡，我想以後還是要盡量避免喝酒比較好就是了。）

——呃，我不是那個意思……該怎麼說才好呢。諾特先生姑且也是個男性對吧。

（…………？那又怎麼了嗎？）

——明明豬先生跟我約定了要同生共死……明明有這樣的對象，我卻讓諾特先生進了房間……

這時我總算察覺到潔絲想說什麼。我連忙說道：

（笨……笨蛋，妳別誤會啦。我並沒有……我並沒有要求妳像那樣守身如玉喔？）

——是這樣……嗎？

（當然了。只要妳平安無事，不管妳跟誰做了什麼，我都管不著。縱使那一晚妳跟諾特舌吻了，我也不會嫉妒什麼——）

嫉妒……？我嗎？不可能。

（總之，妳不用顧慮我太多。那樣反倒讓我困擾。）

我自己也察覺到我說的話苛刻得有些多餘。我看向潔絲，只見她一臉慌張地將雙手指尖貼到下顎。

——對……對不起……說得也是呢，我……有些驕矜自滿了……我太多嘴了。真的很抱歉……

看到潔絲不知所措地道歉，我瞬間覺得舒暢許多。我到底做了什麼啊？

（……不，抱歉，我說話也太苛刻了點。我想說的是……那個，怎麼說呢，潔絲並沒有做錯什麼事，就只是這樣而已……我很高興妳這麼顧慮我的心情，但應該說我希望自己跟潔絲是更加坦率的關係嗎……）

——坦率……是嗎……

（沒錯。要比喻的話，就像兄妹那樣。）

潔絲露出為難的表情。

——但我並不是豬先生的妹妹。

（這可難說喔。妳也不曉得父母是誰吧。既然如此，我們說不定是失散多年的兄妹。）

——的確……？

我開始覺得那種設定好像也不錯了。

（哥哥保護妹妹是理所當然的事，妹妹幫助哥哥也是理所當然的。對吧？兄妹挺不錯的吧。）

——說得也是呢，說不定那樣也是很棒的關係。

沒錯，是很棒的關係。**妹妹不會在意哥哥的臉色，哥哥也不會嫉妒妹妹**。

（那這樣就行了吧。這次的事情就這樣告一段落。兄妹情深多麼美好，這就是結論。已經很晚了，該睡覺嘍。）

我強硬地總結話題，結束這場談話。潔絲微微歪頭，看來有些納悶。

——奇怪……我們原本是在聊什麼呢？

（不用想太多。只是閒聊罷了。）

——是那樣……嗎……

我走下床鋪，在羅西附近的地板上蜷縮起身體。

（快睡吧，這趟旅程會很辛苦。那麼，晚安。）

暫時沒有任何回應，伴隨著潔絲緩緩鑽進被窩的聲響。然後傳來潔絲低喃的聲音。

「晚安，哥哥。」

儘管感覺好像跟我想的不太一樣，我還是老實地覺得嚄嚄。

傳來了聲響。夜深了，大概是快要天亮的時候吧。我抬起頭，只見在黑暗當中，有一雙眼珠在眼前發亮著。我還以為會被吃掉，嚇出一身冷汗，但我立刻發現那是羅西。羅西似乎也是剛剛才醒來，牠豎起耳朵環顧房間。隨後，我跟羅西面向同一個地方。

潔絲爬了起來，坐到床鋪邊緣。她一臉不安地看著窗戶外面。外面仍一片漆黑。

（怎麼啦？）

我這麼問，於是潔絲稍微瞄了一下睡在隔壁床上的諾特後，這麼向我傳達。

——我聽見聲音。

（聲音？）

——是的。名叫布蕾絲小姐的人向這邊搭話。

我試著暫時集中意識——但並沒有聽見類似聲音的東西。

（我什麼也聽不見耶……）

——恐怕只有耶穌瑪才聽得見吧。豬先生也要聽聽看嗎？

我點了點頭，於是腦內開始響起並非潔絲的少女聲音。

——拜託了請從這種恐怖的黑暗中救出我布蕾絲拜託了請從這種恐怖的黑暗中救出我布蕾絲拜託了請從這種恐怖的黑暗中救出我布蕾絲拜——

（暫停，先等一下，麻煩先暫停一下。）

我一下子清醒過來，直打冷顫。快速地不斷重複相同話語的聲音，實在有點像恐怖片。

——那個，我得去救她才行。

（咦？）

——我必須去拯救這個聲音的主人，布蕾絲小姐。

這麼說也是——我睡迷糊的腦袋差點這麼想，但我冷靜地重新思考。

（等等，別衝動啊。再說妳根本不曉得是怎樣的傢伙為什麼要求救吧。那樣很危險，就算要去救人，也不能讓潔絲一個人去。）

我急忙叫醒諾特，說明情況。剛醒來的諾特有些不高興地皺著眉頭，但潔絲讓他聽見那個聲音後，他的表情立刻嚴肅起來。

「肯定是耶穌瑪不會錯。妳知道方向嗎？」

諾特一邊裝備武具，一邊詢問潔絲。

「嗯，大概知道。是從那邊的方向，從遠方傳來的。」

潔絲指了指窗戶外面。那邊是城市郊外，建築物很少，樹木十分茂盛。

（那邊有什麼啊？）

諾特瞇細雙眼觀察外面一陣子後，開口說道：

「如果是說森林以外的東西，應該有幾間農家和小間的聖堂。雖然現在什麼都看不見……恐怕沒時間了。邊移動邊想吧。」

我們——兩人與兩隻很快地來到旅店外面。石板小路上幾乎沒有可以稱為燈光的東西。提燈的光芒都已經熄滅，能夠依靠的只有在薄雲另一頭閃耀的月亮。有些強烈地吹拂的風，比舒適的溫度冰冷幾分。

諾特一邊快步前進，同時小聲地說道：

「妳說聲音的主人在遠處對吧。只有具備心之力的耶穌瑪，能夠將思念傳達到距離那麼遠的地方。而且那聲音帶有北部腔。那個叫布蕾絲的肯定是因為某些理由，從遠方被綁架到這裡來的耶穌瑪。」

（但是，不會很奇怪嗎？）

我打斷他的話。諾特一臉麻煩似的俯視這邊。

「哪裡奇怪？」

（耶穌瑪具備選擇對象來傳達思念的能力對吧。）

潔絲和瑟蕾絲都曾在與我溝通時，沒有讓諾特知道內容。

「是那樣沒錯。」

（既然這樣，為什麼我們聽不見那個聲音？如果要求救，與其只呼喚潔絲，倒不如傳達給許多人，會比較有利吧。）

「我哪知道啊。她說不定是認為無差別地呼喚人的話，會被敵人發現，要說原因有很多種可能吧。再說要是她能正常思考，應該至少會把情況與所在處傳達過來。重要的只有至少現在有個耶穌瑪在求救這件事。」

（潔絲，妳有試著從這邊傳達什麼過去嗎？）

「……有。雖然完全沒有反應……追根究柢，將思念傳達給看不見的對象、不曉得是誰的對象這件事本身，也不知是否有可能……至少我沒有做過那種事的經驗。」

（那麼，對方是怎麼把聲音傳遞給潔絲的啊？並不是妳認識的人對吧？）

「這……我想應該是有那種方法。」

潔絲與諾特不斷前進。喂喂，憑著那麼天真的判斷，就跑到夜晚的森林真的好嗎？未免純情過頭了吧。你們是小紅帽嗎？要是因為這樣的疏忽大意，害Lovely My Angel暴露在危險中的話，我是絕對無法原諒的喔？

潔絲一臉困惑地看向這邊。糟糕，不小心用了像是迷戀上比自己年幼的女孩的輕小說主角一樣的詞彙。我並沒有迷戀上比自己年幼的女孩，所以得小心點才行啊。

是嗅到了不祥的預感嗎？羅西也頻繁地東張西望著周圍，看來很不安的樣子。雖然動物的直覺靠不住，但也不應該無視。

只有耶穌瑪才能聽見，在求救的內心聲音。只是一個勁兒地重複著「請從這種恐怖的黑暗中救出我布蕾絲拜託了」這樣的內容。發出訊息的似乎是耶穌瑪。但這邊無法主動呼喚發信者——好了，該怎麼解釋這種狀況呢？

（潔絲，妳還能聽見那聲音嗎？）

「是的。一直沒有中斷。」

（你們兩人聽我說。假設你們被關進了黑暗當中，能夠向外面的人呼救的話，如果是你們，會傳達什麼訊息？）

「……如果是我，會傳達地點和情況。」

「你到底想說什麼，臭豬仔。」

（這實在很奇怪啊。剛才諾特也說過，布蕾絲明明不會傳達具體的情況，卻塞了一堆不必要的情報，像是自己的名字或是「恐怖」、「拜託了」，而且也不留等候回應的空檔。比方說諾特，假如你掉入井裡，會一直吶喊「請從這種恐怖的黑暗中救出我諾特拜託了」嗎？不會對吧。應該會吶喊「我掉入井裡了，誰來救救我」，暫時等人回應才對。）

「……是我的話會那麼做。但說不定也有不會那麼做的傢伙吧。」

他們沒有放慢前進的速度。黑暗道路的前方有茂密的樹木，可以看見在更深處有小小的半圓形屋頂。劃破寂靜的只有枝葉隨風搖擺的摩擦聲，以及我們的腳步聲而已。

（接下來都用內心聲音來交談吧。我彷彿能看見最糟糕的劇本。）

——最糟糕的劇本？

潔絲一臉不安地看向這邊。

（那聲音不是在呼救。現在聽見的是祈禱啊。）

——啥？

一直看著前方的諾特總算轉頭看向這邊。

（情緒化且抽象的訴求。甚至不留等人回答的時間，不斷重複相同的話。這不可能是試圖呼救的訊息。這是在祈禱的話語啊。）

倘若是祈禱，陳述自己的名字，或是說什麼「恐怖」、「拜託了」也不奇怪，而且也能解釋沒有在等人回應這點。

——的確，說不定是那樣啊。但是，不管是呼喚還是祈禱，都沒有相差太多吧。

（差多了啊。差得可多了。呼喚是用來呼叫某人。但祈禱是實在束手無策、找不到救贖，儘管如此，還是想要有什麼可以依賴的東西，才會那麼做。布蕾絲本人並沒有特別在呼喚誰。）

「所以你要我們見死不救嗎？」

諾特停下腳步，發出聲音這麼說道。我搖了搖頭。

（不是那樣。我的意思是**這說不定是有人設計的陷阱**。）

潔絲與諾特一臉費解似的看著我。糟糕，邏輯不小心跳太快了。

（那聲音帶有北部腔對吧？我聽說這裡在梅斯特利亞也是比較南部的地方。假設布蕾絲是耶穌瑪，她在這裡的理由是什麼？還有一點。為什麼祈禱的聲音只會傳遞給耶穌瑪？）

我像隻豬一樣地從鼻子發出呼嚄聲。

（雖然我還無法清楚地說明，但我在這些不協調感中強烈地感受到某人的惡意。既然她本人並不是在呼救，那也能夠解釋成是某人在利用那名叫做布蕾絲的少女的祈禱，引誘耶穌瑪上鉤。）

——這樣啊。感謝你的忠告。為了以防萬一，讓羅西警戒周圍吧。

諾特這麼傳達之後，再次邁出步伐。看到諾特迅速比出的手勢後，羅西開始在我們的周圍徘徊。諾特稍微瞄向潔絲。

——喂，潔絲，方向就照這樣前進沒錯嗎？

——是的。她恐怕就在位於這正面的小間聖堂裡面。

——聖堂裡面？真奇怪啊……

——的確很奇怪呢……

（等一下，哪裡奇怪了啊？要祈禱的話，應該沒有比聖堂更適合的場所了吧。）

——豬先生，耶穌瑪原本是向星星祈禱的種族。我們跟其他人不同，一般是不會進入聖堂的。

（是這樣嗎？）

——才不是咧。聖堂是民眾向王朝之祖拜提絲祈禱的場所。不是耶穌瑪可以進去的地方。這單純只是耶穌瑪並不具備向所有民眾都崇拜的存在祈禱的權利罷了。

…………原來如此。

（是這麼回事啊。我彷彿能看見危險的真面目了，麻煩聽從我的指示。）

諾特叩叩地緩緩敲響聖堂的門。過了一會兒後，感覺很沉重的青銅門扉發出嘰的聲響打開了。門的另一頭站著一個手拿蠟燭的駝背聖職者，看到武裝的年輕人與一臉不安的少女這種組合，他挑起眉毛。

「這種時間來訪，有什麼事嗎？」

「抱歉啊。因為這傢伙說從這間聖堂傳來了聲音。」

諾特將手放在潔絲的肩膀上。潔絲將領巾像頭巾一樣地戴上，遮住眼睛。

「我……我是從隔壁鎮來買東西的耶穌瑪，名叫瑟蕾絲。那個……因為我聽見了名叫布蕾絲的人在求助的聲音……」

聖職者緩緩地觀察潔絲，然後將視線拉回到諾特身上。

「真不可思議呢。我沒聽說過那樣的名字……而且這間聖堂現在只有我一個人喔。」

「說不定是掉入哪邊的洞穴了。我想盡快把她救出來。可以讓我進去找人嗎？」

聖職者稍微思考了一下後，用平淡的聲音說道：

「原來如此……這間聖堂有個平常不會進去的地下室。說不定有人誤闖了那裡呢。」

「這樣啊，你能幫忙帶路嗎？」

「當然可以。」

聖職者將門打得更開，邀請諾特進入。聖職者一言不發地用手制止似乎迷惘著要不要跟在後面的潔絲。潔絲連忙低下了頭並往後退。

門扉發出沉重的聲響關上，潔絲一個人孤伶伶地被留在聖堂外面。到這邊為止都跟計畫的一樣，恐怕對方也是這麼認為的吧。

一直從樹叢裡觀察著入口情況的我，將視線移到聖堂的後門。我剛才跟羅西一起到處聞了周圍的氣味，但只有發現一隻赫庫力彭，沒有聞到有人隱藏起來的氣息。換言之，假如**有人要襲擊獨自被留在聖堂外面的耶穌瑪**，那傢伙應該會看準時機，從聖堂裡面出來才對。

（潔絲，妳放心吧。只要按照我的計畫行動，潔絲絕對安全。）

潔絲在胸前重疊雙手，看向這邊。

——謝謝您。我不要緊的。因為我也相信豬先生。

嘎嘎。

跟我預料的一樣，後門的門扉很快地打開，一個高個子的男人悄悄地走了出來。他的手上拿著布什麼的。雖然腰上掛著刀，但不是重裝備的粗獷男人，讓我鬆了口氣。

那邊是上風處。我試著聞了一下飄散過來的氣味，不禁懷疑起鼻子。

是鹵化醚的氣味。在感到驚訝的同時，我心想原來如此。我曾在大學的實驗課裡麻醉老鼠，這種氣味跟那時使用的異氟醚很相似。異氟醚是吸入性麻醉藥，能夠迅速地麻醉動物。雖然不曉得他們是怎麼合成的，但梅斯特利亞的藥學似乎相當發達。不過，這個世界的惡徒會把這種高級麻醉藥用在什麼地方呢？

對方以為潔絲是受僱中的耶穌瑪。殺害受僱中的耶穌瑪會構成危害雇主罪，是不被容許的。所以對方在進行盤問之前，會避免立刻動手殺人吧。他打算麻醉潔絲，然後做那種事還這種事嗎？不可原諒。

（潔絲、諾特，有人出來嘍。對方持有麻醉藥。只要立刻發動襲擊，應該不會遭到反擊才對。）

——了解。這邊也處理好了。我立刻出去。

細長的影子靜悄悄地靠近看似不安地握緊雙手的潔絲。雖然我叫潔絲放心，但真到了這個時候，我也是焦慮不已。

（潔絲，不要緊的喔。我在看著。大家都在身旁。）

——好的。

羅西隱藏在潔絲附近的樹叢裡，準備好隨時都能飛撲上去。

聖堂正面的門一聲不響地稍微打開了。有人露出臉。是諾特。

「齁！」

我大聲地這麼吶喊。見狀，羅西的白色巨體在黑暗中閃耀，撲向了男人。男人儘管被撞飛，還是將手上拿的瓶子與布丟了出去，後滾翻之後迅速地站起來。男人的手放到劍柄上。羅西一邊低吼一邊後退。男人的視線緊盯著羅西不放。

下個瞬間，紅色火焰在門扉前一閃。靠斬擊的反作用力跳躍起來的敏捷獵人的腳，一邊描繪出優美的弧線，同時高高地通過蹲下來的潔絲頭上，分毫不差地命中男人的胸口。緊接在強烈的踢擊之後，火焰再次劃破黑暗，刺向男人的後腦杓。

響起咚一聲的沉悶聲響，男人臉朝下地倒落了。我急忙趕向那邊。

（成功了嗎？）

「是啊，雖然沒殺掉他就是了。」

就諾特的架勢來看，他似乎是用靠火焰之力加速的劍柄毆打了男人的後腦杓。諾特用繩子將男人反綁起來。

潔絲依舊縮起手臂，蹲在地上不動。我靠近她身旁。

（已經不要緊了。沒什麼好擔心的。）

「謝……謝謝您……」

（妳一定很害怕吧。）

「不，沒那回事……」

潔絲用顫抖的手撫摸我。其實我並不想把潔絲當成誘餌。但是，要讓說不定有武裝的對象疏忽大意，需要讓對方以為我們中了對方的圈套。若是靠諾特與羅西正面突破，對方會抵抗，也可能會拿那個叫布蕾絲什麼的當人質。

而且最重要的是，潔絲強烈地希望能擔任誘餌。

「好啦，去找被囚禁起來的人吧。」

諾特冷靜地說道。潔絲點了點頭。

兩人與兩隻進入一片漆黑的聖堂。潔絲猶豫著是否該踏出最初的一步，但諾特不客氣地抓住她的手腕，將她拉進聖堂內。喔？想擺出男友樣嗎？

我心想在這裡表達不滿也很幼稚，因此乖乖地跟在潔絲後面。

諾特讓左手的劍像火把一樣發光，照亮了聖堂內。大理石柱子、木製長椅。正面有個華麗的祭壇，祭祀著將左手貼在胸口，右手筆直地往上高舉的年輕女性雕像。那就是梅斯特利亞之祖拜提絲吧。潔絲像是失神似的看著那雕像好一陣子。她說不定是第一次目睹。

就在入口附近，昏迷過去的聖職者以靠在牆壁上的狀態被用繩子綁了起來。看他這種時間還醒著，而且還不忘把潔絲留在外頭，應該可以認為他跟那個麻醉男是一夥的沒錯吧。對於諾特在短時間內就處理好這傢伙的手腕，我只能感到佩服。

「好啦，聲音是從哪邊傳來的？」

對於諾特的問題，潔絲指了指下方。

「是從地板下面。」

我與羅西聞了聞地板，從地毯底下發現了兩個通往地下的上掀門。其中一邊散發出老鼠等動物的氣味，另一邊的空氣則飄散出感覺不太一樣的腥味。在我們尋找門的時候，諾特手腳俐落地把聖職者與麻醉男綁在柱子上。

地下是完全的黑暗。散發出動物氣味的那邊只有大量老鼠在築巢，我們撲了個空。聖職者原本應該是打算帶諾特到這邊吧。我們鑽過另一邊的門，沿著不可靠的木頭階梯往下走。羅西則是在一樓待命。

諾特的劍發出的光芒，隱約地照亮石牆的空間。狹窄的通道從階梯筆直地延伸下去。通道右手邊是牆壁，左手邊似乎有幾個沒有門的房間。最前面的房間幾乎是完全的立方體空間，黏著黑色汙垢的大型石造平臺擺放在中央。飄散過來的那種像是生鏽的腥味，毫無疑問地是血腥味。

一想到潔絲剛才面臨的危險，我的內臟彷彿要收縮起來一般。

下一個房間有架子，架上並排著玻璃瓶，瓶子尺寸像是用來釀水果酒那種大小。裡面裝滿透明液體，其中幾瓶還放入了形狀像是扭曲燈泡般的白色固體。是動物的內臟或什麼嗎？諾特瞥了那些東西一眼後，立刻前進到下個房間。雖然因為陰影而看不見他的臉，但我聽見了他咬緊牙關的嘎嘰聲響。

位於盡頭的兩個房間嵌著鐵柵欄。前面是空的。我們窺探最裡面。

首先映入眼簾的，是擺放在平臺上、隱約發光的雕像。那是個跪著在祈禱的年幼少女雕像，少女脖子上纏著銀色金屬。在雕像前面，有個擺出完全相同姿勢的少女，用充血到通紅的眼睛看著那邊。她沒有注意到這邊的樣子。她纏著破布，用跟裸體差不多的打扮，眼睛眨也不眨地注視著雕像。銀製項圈，是耶穌瑪。

我心想原來如此。應該是藉由讓她對著耶穌瑪模樣的雕像祈禱，使她內心的聲音朝向耶穌瑪這個概念，所以只有耶穌瑪能夠接收到那聲音吧。那些惡徒打算像這樣引誘耶穌瑪上鉤，並抓住她們。

諾特搖晃鐵柵欄，發出聲響。

沒有反應。

「喂。妳振作點。」

她對呼喚聲也沒有反應。諾特使勁地踢了踢鐵柵欄。

強烈的衝擊聲在狹窄的空間裡響起。祈禱的少女總算注意到聲響，她往後跳到另一頭，看向這邊。明明應該被火焰照亮著，她的臉卻蒼白得嚇人。微捲的金色長髮襯托著端正的容貌。

「我們來救妳了。已經不要緊了。」

諾特這麼說，試了幾把掛在附近的鑰匙，打開鐵柵欄的鎖。一進入狹窄的監牢，獵人立刻抱緊了少女。

將下顎搭在諾特的肩上，宛如人偶一般面無表情的那張臉，總算眨了眨眼睛。

餘罪就足以讓這些傢伙被判死刑了吧——諾特這麼說，周到地完成後續處理。他折斷聖職者與麻醉男的腳，把依然被繩子綁住的兩人關進布蕾絲之前待的監牢，將鑰匙埋在森林裡頭，丟了一封告發信到王朝的流通據點之類的。因為在誘餌作戰的途中不能引人注目，沒有殺掉而放置不管的赫庫力彭，不知不覺間消失無蹤了。諾特一直很懊惱沒有殺到那隻赫庫力彭。我們三人與兩隻，與日出一同離開了繆尼雷斯。

布蕾絲似乎有被給予最低限度的食物與自由，能夠順利地走路。只不過她完全不開口說話，用內心聲音與我們溝通的次數也寥寥可數。「謝謝」與「我知道了」占據內容的九成，剩餘一成則是自我介紹。

——我是**曾經服侍**琉玻利的守墓人埃斯家的耶穌瑪，名叫布蕾絲。

那意味著她跟潔絲一樣，是受僱期間已經結束的耶穌瑪。

布蕾絲有著一雙藍色眼睛，膚色白皙且鼻梁高挺，給人凜然的印象。然後她雖然瘦弱，但跟潔絲和瑟蕾絲不同，胸部很大。胸部，相當大，大到潔絲的衣服對她來說尺寸太小，只好向旅店老闆調度樸素的亞麻長袍。我一直以為耶穌瑪在這方面是比較客氣的種族，但看來那似乎是我基於少數樣本的成見。

——那個，我和布蕾絲小姐都聽得一清二楚喔……

潔絲一邊將左手放在胸前，在意起大小，同時用心電感應這麼警告我。布蕾絲似乎連我是人類這件事都毫無感情地接受，看來已經絲毫不在意這邊的樣子。她只是跟在諾特後面不斷走著。從後方也能看見那搖——不行不行。

（抱歉，我應該多顧慮妳們的心情啊，我會反省的。）

——沒關係喔，無所謂。請儘管看您喜歡的那邊吧。

潔絲的語調雖然溫柔，但總覺得好像哪裡帶刺。

（不是……妳誤會啦。我是潔絲的夏彼隆。我發誓今後只會看著潔絲的胸部，絕無二心！）

不，這也不太對啊，感覺聽起來就像變態一樣不是嗎？明明我絕對不是一個變態。

潔絲呵呵地笑了。

——請不用放在心上。因為男人喜歡大胸部這件事，在這個梅斯特利亞算是常識。就連諾特先生也是。您看……

我看了一下諾特的樣子。非常好懂的純情獵人的視線像是在關心布蕾絲的身體狀況一般，不時瞥向後方，但視線在拉回前面時，一定會通過少女臉部稍微下方的場所。真是夠了，簡直是個連豬都不如的變態傢伙啊。

不過，喜歡大胸部是梅斯特利亞的常識這種事究竟是怎麼一回事啊？

（潔絲，拜託妳別誤會啊。眼睛會忍不住看向大胸部，就跟如果有高大的向日葵綻放著，會忍不住看向那邊一樣。是非常自然的反應啊。在忍不住看向那邊的傢伙當中，當然也有其實比較喜歡小巧紫羅蘭的人。我以前所在的國家，喜歡紫羅蘭的反倒才是多數派喔。）

——那真是……太好了……？

我說不定稍微撒了謊。但諸位應該能夠明白吧？明白在路邊悄悄綻放的紫羅蘭之美！

不過，我覺得這世界真的很扭曲。能夠改變這個梅斯特利亞的，說不定只有帶著將含蓄視為美德的現代日本血統的我而已。

布蕾絲彷彿學會走路的人偶一般，是個不會表露出感情的少女。她將長袍的兜帽壓低到蓋過眼睛，將視線稍微移向下方，淡然地走在諾特的身後。我與潔絲稍微保持距離，走在她的更後方。羅西彷彿自由電子一般，在我們之間跑來跑去。

為什麼她會被監禁在那間聖堂？她在那裡被做了什麼？雖然感到在意，但實在不是能問出口的氛圍，也不能指謫從她的身體微微飄散出來，真面目不明的不祥氣味吧。旅行同伴朝著王都肅穆地前進著。

這麼說來，離開繆尼雷斯之後，潔絲拿下領巾，改成可以看見諾特纏上去的奶油色布料的狀態，但她又把拿下來的領巾纏到左手腕上了。我心想她明明有帶包包，為什麼不收起來呢？是因為會弄皺嗎？

就在我感到疑問時，潔絲靦腆地笑了笑，伸手摸了摸我。

在黃昏逼近時，我們進入了十字架岩地。那裡林立著從一公尺到數公尺高的尖銳岩石，是一帶恐怖的地形。根據潔絲所說，這裡的地名由來似乎也是暗黑時代發生的事情。因為某個魔法使彷彿伯勞鳥會把獵物刺在樹枝上撕食一般，將許多人刺在這裡的岩石上，所以才會演變成「十字架岩地」這個名字。根據諾特所說，像那樣把遺體示眾似乎具備兩種意義。首先是在伏兵容易躲藏的這塊岩地上，讓敵方喪失戰意；然後是聚集會來啃食屍體的鳥。只要那些鳥在人動起來時嚇到飛走的話，就很容易發現伏兵。倘若正面對打，魔法使不會輸給其他種族，只怕突襲而已。所以才會為了鎮壓這塊土地，建造出屍體森林的樣子。就算有人骨掉在地上，也別嚇到啊——諾特這麼說了。

……魔法使簡而言之，不就是殺人魔嗎？根本沒有騎士道或武士道可言。

是因為諾特選了適當的路線嗎？我們並沒有面臨什麼危機。一到夜晚，我們就會找個適合的洞窟，在那裡烤肉之類的當晚餐。雖然我的食物都是些草或根菜，但這些也挺好吃的。在我們吃晚餐的期間，羅西會睡覺。據諾特的說法，這是為了讓牠在我們睡覺時幫忙看守。雖然不曉得他作為獵人有過怎樣的經驗，但給人精打細算的印象。在聖堂的那件事，諾特也發揮了傑出的身體能力與可靠的領導力。我心想已經輪不到我上場了吧，雖然感到安心，但也覺得有點寂寞。

夜晚，潔絲很快地入睡了。明明正在度過與死為鄰的考驗，她的睡臉卻非常安穩。我抱著複雜的心情眺望以複雜的表情看著潔絲的諾特。

布蕾絲在洞窟入口附近向星空祈禱。她閉上雙眼，嘴角看起來也像是稍微在微笑。對於諾特「趁能睡的時候睡一下吧」的忠告，少女只是微微地點了點頭。

就在我趴著昏昏欲睡時，有人捏了我的耳朵。我心想是怎麼回事，只見是諾特窺探著我的眼睛。

「要不要到外頭一下？」

他這麼低喃，很快地走到洞窟外面去了。

我也沒有理由拒絕，所以追在後面跟了過去。布蕾絲靠在岩石表面上睡覺，她的肚子上蓋著諾特的背心。雖然朦朧的雲籠罩著夜空，但洞窟外頭仍因為月光而相當明亮。不過，月亮的大小跟最初的夜晚──潔絲在樹下等著我的那個夜晚相比，感覺變小了不少。

諾特隨便找了個岩石坐下。我在他前面坐了下來。

我彷彿想說「有什麼事」一般，目不轉睛地盯著諾特的臉。潔絲與布蕾絲都在睡覺的現在，我只能透過不用言語的方式，跟諾特進行簡單的溝通。

「你有一死的覺悟嗎？」

諾特這麼開口說道。我還沒辦法掌握他在說什麼，所以沒有點頭，只是繼續看著他的臉。

「我是在問你有沒有為了潔絲一死的覺悟。到達王都的耶穌瑪再也不會到外頭來，這點夏彼隆也是一樣。被視為進入了王都的耶穌瑪同行者，都會跟耶穌瑪一起消失無蹤。王都是封閉的祕境，沒有人知道在那裡發生什麼事，搞不好只是遭到殺害，被拿來做某些用途而已喔。就算這樣，你也會跟她一起去王都嗎？」

我堅定地點頭。

「是嗎，你真有膽量啊。我可是敬謝不敏。等穿過針之森，到了王都附近後，我會按照約定折返回頭。因為我不信任王朝，也不想讓瑟蕾絲哭泣啊。」

我依然筆直地看著諾特的雙眼，再次點了點頭。

「你說你有一死的覺悟對吧。這個就給那樣的你吧。」

諾特從身旁的袋子裡拿出兩條附帶小小藍色立斯塔的腳鍊。

「這跟我在狩獵時讓羅西戴的是一樣的東西。可以操控水、製造冰塊，改變地面的形狀。有辦法製造出用來讓獵物滑倒的平坦冰地和絆倒獵物的冰塊，也能弄出凹凸不平、不容易滑倒的冰塊來當作踏腳處。只要有大量的水，也可以製造出讓人行動困難的沼地。」

我應聲附和。

「老實說啊，我並不習慣互相廝殺。雖然我憎恨耶穌瑪狩獵者，恨到想殺了他們，卻一次也沒有真的殺掉過。儘管昨天晚上計畫進行得很順利，但那是多虧你幫忙帶入成突襲的狀況。」

諾特微微揚起嘴角一笑，稍微露出銳利的犬齒。他繼續說道：

「奪回項圈的時候，我跟幾個人戰鬥過。但結果只是攻擊弱者的腳，弄瞎對方一隻眼睛罷了。因為寡不敵眾，之後只能逃跑而已。」

諾特有些自嘲似的笑了笑。

「我殺掉的生物當中，智商最高的生物頂多就是赫庫力彭吧。碰到以殺人為生的耶穌瑪狩獵者時，也不曉得我是否有能力讓你們平安逃脫。反正你腦袋應該很聰明吧。希望你可以使用這個道具，與羅西一起支援我。」

我有一瞬間被其他事情分散了注意力，為了表示承諾，我點了兩次頭。

諾特幫我戴上了腳鍊。然後為了避免引人注目，用布藏起了腳鍊，那塊布跟他給潔絲的一樣。

「用法就靠感覺。你在旅途中練習吧。」

諾特這麼說，摸了摸來到附近的羅西下顎。

「有什麼問題，還是想說的話嗎？」

「……齁。」

我就只能講這句話而已，體諒一下吧。

諾特稍微從嘴裡發出笑聲，然後筆直地看向我。

「最後一點。真的要戰鬥的時候，你要聽從我說的話。知道了吧？」

我點點頭。

「羅西一定會服從我說的話。所以我們才能合作無間。在你違反我的指令時，合作就會瓦解，並且產生漏洞。如果不想讓潔絲遭人殺害，就好好聽我的指令。」

諾特吐了口氣，繼續說道：

「只不過在最糟的情況下，我也可能會把你當棄子。到時你就自己判斷要怎麼做。我只有在陷入逼不得已的狀況時才會捨棄你。你就自己決定要犧牲自己，還是犧牲潔絲吧。」

諾特不等我回答，就回到洞窟。羅西來到我這邊，伸出舌頭哈啊哈啊地笑著。

仔細一看，勇敢的獵犬腳上有無數的傷痕。

隔天早上，我們稍微吃了點東西後，便出發了。穿過岩地後是平穩的丘陵地帶，我們又走了一天後，可以看見前方有灰褐色岩山。是王都，雖然是宛如富士山一般的獨立山峰，但輪廓比富士山更加尖銳，高度頂多只有一千公尺吧。

隨著逐漸靠近山峰，可以知道山峰下方並非只是單純的岩地。通常應該會有的山腳原野並不存在，而是被陡峭的懸崖圍繞著。懸崖也不是普通的懸崖。而是感覺有高樓大廈那麼高的巨大牆壁。有好幾層愈往內側就變得愈高的層狀牆壁包圍住山峰。是沒有規劃就開發了嗎？不規則的牆壁一層一層地重疊起來，遮蓋住裡面的東西。給人的印象就像是武裝的竹筍。根據諾特所說，山峰本身就像堅如磐石的城堡。國王的山峰被黑暗的針葉樹森林——針之森給圍繞著。

「終於能看見了呢。」

潔絲這麼說。

（就是說啊。終於來到這裡了。之後只要穿越針之森就行了。）

走在前頭的諾特轉過頭來。

「你們知道這樣的傳聞嗎？」

諾特讓嘴角冷酷地笑了笑，他一邊側眼看著布蕾絲，同時用右手把玩著短劍。

「針之森的蘑菇到了晚上就會隱約發光。我也曾經看過，那是彷彿幻想般的風景喔。」

潔絲面向諾特那邊。

「如果是那個傳聞，我曾聽說過。但是並不清楚蘑菇發光的原因呢。」

「不，當地的獵人有告訴我理由。並不是所有蘑菇都會同樣地發光，有些地方的蘑菇會強烈地發光，也有幾乎不會發光的。亮度會因場所而異。」

（……也就是說？）

諾特的眼睛犀利地亮起。

「那個啊，是被蘑菇吸收的耶穌瑪血液在發光喔。」

天黑後沒多久。在即將踏入針之森前，我們決定到小旅店住一晚。那是用灰色石頭砌成、感覺很堅固的洋房。內部裝潢儘管樸素，也給人乾淨整齊的印象。餐廳裡裝飾著銀之紋章——使用了耶穌瑪的項圈，是耶穌瑪監護人的證明。只不過，紋章的項圈嚴重發黑，黯淡無光。

（噯，那個項圈很黑喔。）

我這麼告知，於是潔絲一臉不安地看向那邊。

「真的呢……我從未見過黑成那樣的紋章。」

由守護耶穌瑪的人來管理，項圈就會更加閃耀發亮；有惡意靠近的話，項圈就會更加黯淡無光。記得是這麼一回事才對。

諾特冷眼說道：

「針之森是耶穌瑪狩獵者的溫床。飢餓的惡棍們橫行霸道，每年有將近一百人的耶穌瑪在這裡喪命。這一帶充滿了邪氣啊。如果是那種程度的黑，還算是比較好的了。」

諾特走到最裡面的餐桌，一屁股坐了下來。圍著領巾的潔絲與依然戴著兜帽的布蕾絲坐在他對面，我與羅西則在餐桌旁坐下。可以從小窗戶看見逐漸被深藍色夜晚侵略的鮮紅晚霞。

「跟你們兩——跟你們三人恐怕明天就會離別了。你們進入王都後，跟我一輩子都不會再見面了。當然，要是死掉的話，就沒有然後了。」

諾特淡然地說道。

「……我要喝酒。你們也點些愛吃的東西吧。這裡就是這種旅店。」

在廚房大展身手的男性是個沉著穩重、表情看來有些悲傷的老人，料理卻非常豐盛且豪華。所謂的「這種旅店」，換言之，就是**這種旅店**吧。

這裡應該是已經有永別覺悟的人們最後團聚的場所吧。

有點奢華的料理並排在餐桌上，諾特高舉裝有啤酒的馬克杯。

「好啦，明天——」

——對不起……我先去睡了。

可以在腦海中聽見布蕾絲的聲音。我轉頭一看，只見布蕾絲在兜帽底下緊抿著蒼白的嘴唇。

諾特中斷剛才的話，開口詢問：

「為什麼？吃點東西再走。為了明天該儲備體力——」

——我累了。也沒有食慾。拜託了，請讓我休息。

諾特一言不發地思考一陣子後，拿起手邊的帶骨肉，朝羅西扔了過去。羅西扭了扭頭，張大嘴巴巧妙地接住肉。

「妳回房間睡吧。羅西會在附近看守。」

布蕾絲微微低頭致意，然後匆匆地前往了寢室。羅西就那樣叼著肉，踢達踢達地跟在她後面離去。

諾特嘆了口氣，將馬克杯放到桌上。

「好啦，快吃吧。」

「……好的。」

（說得也是。早點吃飽，早點睡覺吧。）

我們在彷彿守夜一般的氛圍中，開始享用最後的晚餐。儘管如此，潔絲仍然津津有味似的一口一口品嚐著，並將每道料理分一點給我。

「您看，豬先生，不曉得這是不是鵪鶉肉呢？鹽巴與香草十分入味，雖然只能給豬先生吃一點點……請用。」

我心懷感激地享用放在潔絲手心的肉片。豬的嘴很笨拙。嘴唇會碰到潔絲的手。潔絲似乎覺得有些癢地笑了笑。

即使處於用嘴巴搔癢美少女手心這種特殊到極點的狀況之中，我的內心也不覺得雀躍。儘管如此，我還是品嚐了異世界的肉類料理，陳述自己的感想。

（真好吃呢，好像高級的烤雞肉串。）

「烤雞肉串？」

（對，那是把雞肉用竹籤串起來，再用火烤的料理——是我以前所在的國家的料理。）

「原來有那樣的料理呢。這樣呀，豬先生以前所在的國家也有這種……」

潔絲仔細地眺望著香草烤鵪鶉，又津津有味似的吃了一口。我心想她真是個堅強的少女啊。

在這種狀況下，一般應該會變得像布蕾絲那樣吧。

一邊茫然地眺望著潔絲，一邊喝著啤酒的諾特小聲地說道：

「抱歉打擾你們了，但我有事跟你們商量。」

（什麼事？）

我與潔絲注視著諾特。

「是關於優先順序。」

是肚子痛嗎？諾特蹙起眉頭，表情緊繃。

「我不想把生命分輕重。不管是人類還是耶穌瑪，有心靈的人生命都是平等的。但是……但是，假如明天我們的生命有危險……假如遇到只能救潔絲或布蕾絲其中之一的狀況……我們就毫不猶豫地選擇潔絲吧。」

「請等一下，諾特先生，那樣太……」

「妳聽我說。嗳。你們看到了吧。現在的那傢伙內心生病了，也幾乎感受不到活下去的力氣。但潔絲可不是那樣。那傢伙也不想因為自己的緣故，害潔絲死掉吧。當然保護所有生命是最優先的。但在真的束手無策的時候，先決定好首先要把潔絲的性命擺第一吧。要是在分秒必爭的狀況中因為捨不得那傢伙的命，結果導致潔絲喪命，我……」

諾特還沒說完就中斷話語，喝起啤酒。

（是啊，諾特說得沒錯。比起其他事，首先把潔絲的性命擺第一吧。）

「不行，豬先生，那樣太……布蕾絲小姐太可憐了。」

馬克杯發出砰一聲，粗魯地被放到桌子上。

「這是耶穌瑪的缺點啊，會像那樣立刻先考慮到別人。」

諾特的右手看似焦躁地碰觸著馬克杯。

「首先讓我說一下，那個臭豬仔是妳的夏彼隆。不是布蕾絲的。他的存在是為了不管發生什麼都要保護妳的性命，而不是為了在途中救出來的那個被囚禁的人啊。」

潔絲無法反駁，看起來像是不知該說什麼而感到傷腦筋的樣子。

（諾特說得沒錯。我打從一開始就不為其他，而是為了保護潔絲而存在。）

潔絲濕潤著雙眼看向這邊。我無法看出那是因為喜悅或是悲傷。

「我……那個，對不起。因為沒人對我說過這樣的話，我不曉得該說什麼才好……」

（以我的立場來說，妳能感到開心是我最高興的事啦。）

「那麼，我會開心。」

妳是剛學到感情的人造人還是什麼嗎？看起來一點都不像感到開心耶。

是看到了我的內心獨白嗎？潔絲笨拙地擠出笑容給我看。因為很可愛，這樣就行了吧。

諾特盯著潔絲看了一陣子，他似乎有什麼想法，開口說道了：

「聽我說，潔絲。我曾經有個夢想。」

諾特突然述說了起來。諾特前所未有地饒舌。

「是沒有實現的夢想——已經無法實現的夢想。就是以夏彼隆的身分跟某人一起前往王都，到死都跟她在一起的夢想。那傢伙的骨頭用在這兩把雙劍上。」

諾特將雙劍放到桌上。樸素的握柄上除了金屬之外，還使用了打磨到十分光滑、彷彿象牙的素材。那是在修道院燒起來的同時被帶走並慘遭殺害的伊絲的骨頭。

「如果覺得這樣很蠢，就把我當傻瓜吧。可是啊，妳真的很像那傢伙。我希望至少能把妳送到王都，讓妳獲得幸福。那傢伙就算想活也無法活下來，我希望妳能連她的份一起活下去啊。」

潔絲眼裡堆滿了淚水，開口說道：

「……謝謝您。所有人一起活下去，迎接後天的到來吧。」

在潔絲的腦中，扭曲的不等號方向似乎還是一動也不動。

有什麼東西撞上背後，我嚇得醒了過來。是靜悄悄的夜晚。

——豬先生，可以請您過來這邊嗎？

我有一瞬間心想是誰，結果似乎是布蕾絲伸手在呼喚我。因為沒有房間足夠容納三人與兩隻，我們在鋪著地毯的地板上蓋上棉被，擠在一起睡。羅西豎起耳朵趴在窗戶邊。潔絲與諾特似乎睡著了。我靜悄悄地站起來，靠近布蕾絲身旁。可以看到羅西的耳朵抽動了一下，過了一會兒後，又回到原本的位置。

——可以請您再靠近一點嗎？

聽到她這麼說，我稍微靠近。距離依然戴著兜帽躺著的布蕾絲剩下三十公分。

——再稍微靠近點。

我在處男的身體勉強還能容許的範圍內靠近布蕾絲。

——可以請您趴下來嗎？

我照她說的趴下，於是布蕾絲纖細的手繞到我脖子上。

在躺著的狀態下被抱著。被女孩子。

（咦，那……那個……等一下？）

布蕾絲端正的容貌映入視野角落。可以感受到她豐滿的胸部頂著豬的側腹。還有不知道從哪裡飄散過來、彷彿肉類腐爛掉一般的異臭味。

——請原諒我的無禮，因為我有一點冷。

這樣啊，會冷的話也沒辦法呢——就在我想著這些愚蠢的事情時，感受到布蕾絲的手在顫抖。大概不只是因為寒冷吧。

（妳想說些什麼嗎？）

——……是的。

（這樣啊，儘管說出來吧。）

布蕾絲吞了吞口水，可以聽見似乎有些痛苦的聲響。

——豬先生是從其他世界來的呢。

我有一些驚訝。潔絲和諾特都不太追究我是從什麼地方來的，感覺是把我當成「來自其他國家的奇怪的豬」看待，所以我一直以為梅斯特利亞的人對這些事情不感興趣，但布蕾絲剛才明確地使用了「其他世界」這個詞彙。這表示從布蕾絲的觀點來看，她認為存在著跟這裡不同的世界。

（嗯……是那樣沒錯。我是來自跟梅斯特利亞完全不同的其他世界。）

——拜託您。可以請您告訴我關於那個世界的事情嗎？

怎麼，原來是這種事嗎？

（我知道了。比方說，妳想聽哪些事情？）

——我知道偷聽是非常失禮的行為。但我還是不小心聽見了。在豬先生的世界裡，胸部小的女性比較受到男人青睞是真的嗎？

已經不是出乎預料可以帶過的問題讓我的腦袋停止運轉，我不曉得她到底在問我什麼，我又該怎麼回答才好。

（抱歉，那個我……的確比較喜歡小胸部……不過——）

——在豬先生的世界，一定也不會有因為胸部大而不小心誘惑了男人的事情呢。

那與其說是問題，聽起來反倒更像是願望。我察覺到布蕾絲的意圖。她應該遇到了很難受的事吧。

（……是啊，說得沒錯，沒那種事呢。像妳這樣大概幾乎沒人會看妳一眼。）

——這樣子嗎。原來有那樣的世界呢……

布蕾絲緩緩吐了口氣後，接著說道：

——要是明天我死掉的時候，能夠轉生到那邊的世界，不曉得該有多好呢。

雖然她的態度很淡然，其中卻烙印著深刻且切實的痛楚。

（真不吉利。別以死掉為前提說這些啦。）

——不，我會死的。

（沒那回事。不要輕易捨棄希望喔。）

布蕾絲的手在我的脖子後方不斷顫抖著。

——……我可以把祕密只告訴豬先生嗎？

（……好，我會保密的……）

但為什麼是我呢？

——因為豬先生是從其他世界來的人。我自從服侍守墓人家之後，就一直相信在星星的另一頭有其他世界，不斷祈禱至今。所以我覺得豬先生正是適合聽我最後祈禱的人。

她很自然地看了我的內心獨白，不過就算了吧。

（……我知道了。妳說吧。）

——請看。

布蕾絲稍微與我拉開距離，將長袍前面敞開。我立刻閉上了雙眼，但比剛才更強烈的腐爛味飄散過來，我不禁睜開眼睛，將臉轉向那邊。即使在黑暗的房間當中，也能看到在布蕾絲的肚臍下方、下腹部的白皙肌膚上，有著大大的黑色傷口。

——味道很重對吧，因為化膿了。皮膚和肉已經開始腐爛，毒似乎也在血液中循環，全身都疼痛不堪。我感覺到死亡已經逼近身旁了。

（……妳被刺傷了嗎？）

——是的。在那間聖堂的地下。被人用很多東西刺了。流了很多血。

布蕾絲將長袍拉回原狀，再次將手繞到我身上。她手臂的顫抖十分虛弱。

（怎麼會，真殘忍……）

我只說得出笨拙的話語。

——已經無藥可救了。各位來拯救我的時候，傷口已經開始裂開了。

（妳一定很難受吧。）

——對，非常難受。

我暫時說不出話。但我總算找到了該說的事情。

（找諾特跟潔絲商量吧。應該有治療的方法才對。）

布蕾絲輕輕搖了搖頭。

——請不要告訴他們兩人。這裡是很危險的地方。因為諾特先生是非常溫柔的人，應該也是個會勉強自己的人，所以會為了拯救我的性命而冒險吧。要是因為那樣間接危害到各位的性命，也並非我的本意。

我感覺像是五臟六腑被一把抓住一樣。

（可是，布蕾絲要到達王都的話……）

——我不用到達也沒關係的。我要將這條命獻給您與潔絲小姐。

（不行啊，怎麼能……）

我一邊這麼說，同時感受到自己的話只是表面功夫。

——死亡是一種救贖。已經夠了，請讓我死吧。都怪我生來就是這樣。都怪我生來就是耶穌瑪。都怪我用這個身體、這張臉、這聲音誘惑了大家。

（沒那回事。要怪當然是怪自私地壓榨耶穌瑪的那些傢伙。）

——在豬先生的世界是那麼認為的呢。

（當然了。）

——……我變得更想去那個世界看看了。豬先生，我死掉之後，請帶我到豬先生的世界。這就是我最後的願望。

居然拜託我這種事——我不會這麼說。正確的回答已經決定好了。

（我沒有祈禱也來到了這邊。一直在祈禱的妳沒道理去不了那邊。布蕾絲絕對能夠轉生到我以前所在的世界才對。）

——是這樣子嗎，謝謝您。

在兜帽陰影處的黑暗當中，有個東西閃耀發亮了一下。是她那雙美麗的藍色眼眸流下了淚水。或許是我的錯覺，但我覺得布蕾絲現在應該是首次在我面前笑了。

（抱歉……已經可以了嗎？要是潔絲看到這景象，說不定會誤解。）

——嗯，好的……

她的手放鬆了。我準備站起來時，那雙手又用力地緊抓住我。

——請等一下。最後再讓我說一件事。

這句臺詞出現的話，接著一定是超重要的情報。國文課本上也那麼寫著。我恢復成趴著的狀態，這麼傳達。

（怎麼啦？）

——有一件事我無論如何都想先告訴您。

布蕾絲的手指握住我的豬背脂肪。

——我以前會幫忙守墓人的工作，所以有很多機會跟遺族交談。我從各式各樣的人口中，聽說了各式各樣的事情。那時我曾聽說過幾次不可思議的事情。

（……不可思議的事情？）

——聽說王都並沒有入口。

（啥？）

——王都並沒有入口。因此所有耶穌瑪都會在針之森死掉——甚至有人這麼說了。

我感到脊背發涼。雖然我們以安全地帶為目標展開旅程，但結果那裡什麼也沒有，這樣簡直就像喪屍電影常出現的劇情不是嗎？騙人的吧。

（那麼，我們到底是為了什麼冒著危險前往王都……）

——請您放心，據說也的確有跟夏彼隆一起徹底消失無蹤的耶穌瑪。應該有進去的方法才對。當然，已經成功赴都的人不會在外頭現身……但即使如此，不知從何時起，關於進入王都的方法，開始會聽見這樣的話語。

（是什麼啊？告訴我吧。）

——「向王訴說吧」。

我等了一會兒，但布蕾絲沒有要告訴我後續的樣子。

（就這樣而已嗎？）

——是的。在北部的一部分地區中，流傳著這樣的傳聞。耶穌瑪要進入王都的方法只有一個，就是「向王訴說」。

（這是要我們對著王都吶喊嗎？）

——我不清楚。不過，您不覺得曖昧成這樣的傳聞會擴散開來，很不可思議嗎？人們會交頭接耳談論的傳聞，通常應該是更加具體、更出乎意料的話題才對。

的確，「○○有妹妹」這種傳聞很少會流傳出來。如果是「○○有個運動神經超群功課又好而且是兄控的可愛妹妹」這種傳聞的話，倒是有可能就是了。

（說得也是。正因為內容曖昧，反倒有種詭異的說服力。妳還有聽說其他事情嗎？）

——十分抱歉，我沒有聽說更多事情了……

（這樣啊，「向王訴說吧」是嗎……）

——我知道這恐怕派不上用場。但我無論如何都希望有恩於我的豬先生與潔絲小姐可以進入王都。如果能稍微幫上忙就好了……

兩抹光芒在兜帽底下閃耀發亮。

——拜託了，拜託您了。請你們一定要活下來獲得幸福。

我心想她最後的願望結果還是為了別人不是嗎？

我只覺得一陣空虛。明明很悲傷，眼淚卻掉不出來。

第四章 規定一定其來有自

隔天早上。終於到了要進入「針之森」的日子。王都已經不遠了。恐怕我們的命運在今天之內就會決定了吧。

一想到這些，心臟就莫名地想要主張存在感。潔絲似乎也感到緊張，只見她經常咬著下嘴唇。布蕾絲跟之前一樣，彷彿人偶一般沉默不語。就好像昨晚什麼也沒發生過一樣。

——昨晚發生了什麼事嗎？

潔絲耳尖地這麼詢問。唔喔。

（我跟布蕾絲稍微聊了一下。就只是這樣而已啦。）

我們兩人一起偷偷觀察潔絲的睡臉，開心地笑了這種事情，無論如何都不能說出去。

——咦，我的睡臉……？不會吧，真難為情……

（騙妳的啦。我只是捏造了內心獨白而已。不想被騙的話，就別擅自讀我的心啊。）

潔絲猛然一驚地用手摀住嘴，接著看向我後，氣呼呼地鼓起臉頰。

——那麼請豬先生也不要擅自看我的內褲喔。雖然我今天難得穿了特別中意的一件。

咦，是這樣嗎……？

我慌張地想要收回剛才的話。但聰明的我先注意到了可以擅自看內褲這個前提本身就很異常這件事。

而且更加聰明過人的我，察覺到講這種像笨蛋一樣的對話的我們，其實是拚命地想要逃避死亡的恐怖。

天氣是陰天。一打開窗戶，可以感受到濕答答的風，但不到炎熱的程度。諾特說森林裡頭應該會相當昏暗吧。

我們打包好行李，來到餐廳。

潔絲穿著平常那件連身裙，把跟我一起買的領巾纏在手腕上。布蕾絲則是長袍打扮。諾特在手和腳上裝備著用皮革與金屬製成、感覺相當輕便的盔甲。他的腰上掛著幾個我從未見過的金屬製小道具。羅西除了前腳的腳鍊外，還裝備了用來保護腹部、像是皮製肚圍的東西。我除了腳鍊之外沒有穿戴任何東西，幾乎是赤身裸體。

「重要的是讓人乍看時以為只是一隻豬，而掉以輕心啊。要是受傷的話，就祈禱王都的人會幫忙治好吧。」

諾特儘管嘴上像這樣開著小玩笑，仍頻繁地用衣服擦拭手心的汗水。

是無法下定決心嗎？即使用完簡單的早餐，諾特依舊看著布告欄，遲遲沒有要離開旅店的意思。就在他頻頻看著布告欄時似乎發現了什麼，他把我們叫到布告欄那邊。

「喂，上面寫著在基爾多林的宅邸抓到了非法販售立斯塔的黑心商人喔。」

一看之下，似乎是在類似羊皮紙的東西上寫著只有文字的報導。

「日期也吻合。是你們做的嗎？」

潔絲看向我。我點點頭，於是潔絲說道了：

「是的。我們把來……那個，來暗殺我的人關進了倉庫裡。」

我們刻意含糊地帶過在後巷目擊到的兩人的模樣，同時敘述了來龍去脈之後，諾特蹙起眉頭。

「會跑去基爾多利的大型走私組織沒幾個啊……搞不好那一群傢伙裡有殺害伊絲的仇人。」

為了避免諾特改變主意，我隨便地帶過這話題，提議出發。

因為真的有那個可能吧。我們關進倉庫裡的男人行走不便，左眼有刀疤。諾特曾說過他奪回項圈的時候，「攻擊弱者的腳，弄瞎他一隻眼」。

我想相信這只是個巧合。畢竟要是諾特情緒激昂地想要復仇，跑回去基爾多利的話，那可就傷腦筋了。

那個時候突然來臨了。是進入森林還不到一個小時的事情。在昏暗的針葉樹林中，才心想不知從哪裡的上方發出沙沙的聲響，突然就有個影子掛在長長的繩子上，宛如鐘擺一般迅速地逼近。

「快躲起來！」

諾特尖聲大喊，在一瞬間拔出雙劍。

從諾特手邊飛出去的兩道火焰衝擊波確實捕捉到了「影子」，但因為「影子」放開繩子，跳向了上方，所以火焰只是空虛地斬斷繩子就結束了。在半空中飛舞的「影子」利用樹枝突然改變方向後，朝這邊丟了什麼過來。

旋轉的那東西前進的方向，有著正準備趴到灌木陰影處的潔絲。但她來不及躲開。我瞬間做出判斷，撲向潔絲那邊，成為肉盾。

啪吱。

發出很大的聲響，我做好死亡的覺悟。沒有痛楚。但有種溫暖的液體飛濺到我的顏面上。

時間停止了。

繩子纏繞在布蕾絲的身體上。繩子上附帶三個形狀像是撒菱的大型突起物，那些全部都深深地刺入布蕾絲的身體。我眼看著白色的亞麻長袍逐漸被血染紅。

布蕾絲搖晃地走了幾步遠離我們，然後倒下了。兜帽滑落下來，可以看見她蒼白的臉上浮現像是放棄般的笑容。怎麼會……

——謝謝……你們。

彷彿要消失的聲音在我腦海中迴盪。諾特一邊將視線掃向周圍，一邊飛奔到我們身旁。潔絲順利地隱藏到灌木裡頭。諾特、羅西與我守護著她的周圍。

布蕾絲在有些距離的地方翻身將臉朝上，在輕飄飄的冷杉樹葉上伸直手腳。長袍在下腹部敞開，血淋淋的那個傷口裸露了出來。我似乎根本沒有選擇的餘地。因為布蕾絲自己主動代替我犧牲了。

「影子」消失到某棵樹上了。諾特比了比手勢放出羅西，頻繁地警戒著上方。

馬蹄聲從森林裡頭以相當快的速度靠近過來。

「喂！我說過別殺了她吧。這下不就沒樂子可以玩了嗎？」

是個騎在大隻黑馬上的壯漢。他的聲音讓我很耳熟。當我回過神時，我們已經被騎在馬上的四個男人包圍了。

諾特跟我一樣，用驚愕的眼神看向壯漢。

我立刻做出判斷，飛奔到布蕾絲身旁。

我執著於邁向死亡的布蕾絲身體，一邊發出嚄嚄的叫聲，一邊用鼻尖不停戳著她的手臂。

那個壯漢肯定就是在基爾多利指示要殺害潔絲的男人。那傢伙說不定是以潔絲為目標——更進一步補充的話，說不定是以帶著豬同行的耶穌瑪為目標。只不過壯漢沒有直接見過潔絲，所以他應該不曉得潔絲的長相才對。

「有一隻豬！」

騎在馬上的一個人這麼向壯漢說道。跟「I hava a pen.」一樣沒什麼用途的這番發言，只有在他們的目標裡包含豬這種特殊的文章脈絡中才有意義。我的行動是正確的。

「我看到啦。看來是找對人了啊。」

壯漢騎著馬靠近這邊。無論騎乘者或馬都穿戴著發出詭異光芒的鋼鐵鎧甲。雖然可怕，但我還是繼續演戲。只要讓他們以為潔絲已經死了，危險應該會減少幾分吧。

「搞什麼，不但已經死了，還沒有子宮嗎？」

壯漢看了看布蕾絲，用冷淡的聲音這麼咒罵。

「混帳傢伙，不准你再靠近她了。」

諾特將劍舉到高高的位置，用低沉的聲音威嚇對方。

「喔，怎麼怎麼。有個很有精神的小兄弟嘛。」

「敢靠近她就殺了你。我知道要對付你們所有人，我毫無勝算。但是只有你——」

諾特將左手的劍對準壯漢的臉。

「我一定會拉你陪葬。」

壯漢儘管將右手放到寬刃的長劍上警戒著攻擊，仍詭異地笑了笑，看向諾特。

「哦。你跟我有仇嗎？」

「你記得五年前從你們手上奪走項圈的小鬼嗎？」

壯漢想了一會兒，沒多久他露出黃色牙齒，得意地笑了。

「啊啊，是那時的小鬼嗎？你變得很優秀嘛。」

——擾亂現場吧，豬。我來保護潔絲。你要突破這種狀況，之後繞到壯漢正後方，在他腳下搗亂，讓他站不穩。右前方我交給羅西處理。我們要穿到左前方。

在壯漢的話背後，可以聽見諾特的指示。我們三人透過潔絲連接在一起。

「那個耶穌瑪是挺不錯的上等貨喔，小伙子。要殺掉她實在太可惜，我們把她當玩具玩了大概三天，才砍掉她的頭呢。就算被那樣粗暴地對待，但她到死腦袋好像還是很清楚。不過是個耶穌瑪，竟然還嚎啕大哭地向我們求饒。」

這事情殘酷到讓人光是用聽的，都彷彿要吐了出來。但我有必須做的事情。我一邊在布蕾絲周圍徘徊，同時讓意識集中在腳鍊上面。很幸運地附近有河川在流動。如果是這裡，似乎有豐富的水源。

「…………」

諾特似乎在按捺著怒氣。壯漢像是要落井下石似的說道：

「這麼說來，你的興趣也是很糟糕，居然把我們剛拆下來的耶穌瑪骨頭也帶走了啊。我還記得喔。那些骨頭你還有寶貝地收著嗎？」

「閉嘴。」

（諾特，我接下來要弄倒樹。）

——你說樹？

對於如何用豬的身體擾亂現場這個難題，我想到的只有這個辦法。諸位或許會感到意外，但樹根基本上是橫向延伸。像這種針葉樹林的樹根，以深度來說頂多集中在五十公分左右吧。因為即使往更深處扎根，也無法吸收到有用的物質，只要讓樹根所在的部分凍結，把底下那層土液體化的話，就能輕易弄倒樹木——我是這麼推測的。

準備已經完成了。我將意念注入腳鍊，從位於跟壯漢反方向的那部分樹根底下，讓地下水凍結而成的冰柱隆起。

樹木發出嘎吱聲響，朝壯漢那邊傾斜。壯漢稍微瞥了那邊一眼，周圍的男人們被上方分散注意力，發出驚訝的聲音。我趁機繞遠路到壯漢後方。羅西比我先到，幫忙用冰塊製造出踏腳處。除了我通過的踏腳處之外，都變得像是泥沼一般。

跟我判斷的一樣，殺害布蕾絲的忍者潛藏在我弄倒的樹上。那傢伙慌張地想跳到隔壁樹上，但從底下飛來的火焰衝擊波輕易地砍斷他的腳。雖然本體到達了其他樹上，但一隻腳就那樣往下掉落。

諾特將另一道火焰朝壯漢的馬的腳射出，那火焰也漂亮地命中了。不過馬的腳有防具保護。儘管如此，還是足以驚嚇到馬。馬發出嘶鳴，當場抬起前腳。大樹的樹幹在重力的加速下逼近壯漢。

壯漢拔出了長劍。劍尖描繪出大大的弧線，往下倒落的樹木被砍得粉碎。木屑在周圍飛舞，填滿了視野。

諾特在這段期間一邊保護潔絲，一邊移動到左前方。我讓壯漢後方的地面凍結起來，製造出坑坑洞洞的堅硬地面。我將坑洞弄成足以塞進馬腳的大小。

諾特像在跳舞似的揮動雙劍，亂射火焰衝擊波。壯漢把寬刃劍當成盾牌，靈活地閃避了攻擊。其他三個騎兵害怕地往後退。

後退的其中一匹馬掉進羅西製造出來的泥沼，拚命掙扎著。羅西撲向差點被甩下馬的騎兵脖子。一瞬間羅西的頭部就染上了對方的血。騎兵就那樣墜馬，濺起了泥水。手法真是俐落。首先解決了一個人。

沾滿鮮血的羅西退避到我製造出來的地面後方。警戒著彷彿泥沼的地面，繞遠路避開的另一個騎兵，將十字弓對準了羅西。但下個瞬間，馬的後腳掉進我製造的坑洞裡。馬的重心嚴重失衡，響起了啪嘰的清脆聲響。應該是腳骨折了吧。做了很對不起馬的事。

男人被甩落到地面。諾特跳過倒木前來，在一瞬間砍下男人的頭。

諾特的頭髮十分凌亂，端正的容貌現在宛如鬼神一般凶狠。

（潔絲怎麼了？）

——在岩石裡面。麻煩你再把一棵樹朝我們這邊弄倒。

嗯？岩石裡面？

——不要緊的，豬先生，我正用諾特先生的道具躲藏起來。

聽見潔絲的聲音，我放心下來。溫暖的血液開始在全身循環。

我開始弄倒附近的樹木。在這段期間，諾特與羅西一邊躲藏在倒木後面，同時跑到掉了一隻腳的忍者所在的樹木那邊。

就我目前所知，剩下的有壯漢、一個騎兵，以及一個忍者。

壯漢揮動劍，用那股衝擊波轟飛我們用來躲藏的倒木。真是不得了的威力。我像要逃走似的移動，一邊躲到其他樹蔭處，同時將意念注入腳鍊，把那棵樹往諾特他們的方向弄倒。

可以看見諾特雙劍的火焰。雙劍似乎砍斷了樹，只見另一棵樹像要從旁靠過來似的倒向我弄倒的樹木上。

「撤退！」

可以聽見壯漢的聲音。兩棵樹重疊起來，倒向壯漢他們那邊。

兩棵樹一邊啪嘰啪嘰地折斷周圍的樹枝，同時倒落到地面。諾特在其中一棵樹上奔跑，筆直地前往壯漢那邊。

諾特突然朝前方摔倒。一看之下，是似乎一直緊抱著樹木不放的忍者，抓住了諾特腳踝的樣子。諾特的頭用力地撞上樹幹，就那樣掉落到地面。理應支援諾特的羅西不見蹤影。

（危險！）

說是這麼說，但這個瞬間也沒有任何我能做的事情。

——別小看我。

可以聽見諾特的聲音。

叮——響起金屬互相撞擊的聲響，接著可以看見火焰弧形。諾特搖搖晃晃地站了起來。忍者已經被砍斷身體斷氣了。諾特仍繼續揮劍，朝壯漢與另一人射出火焰衝擊波。但他們兩人都用自己的劍擋住了衝擊波。火焰變成火星，然後消失。

「怎麼啦，已經結束了嗎？」

壯漢用粗野的聲音這麼說，架起長劍。另一個人用迅速的動作拿出十字弓。

就在這時，在男人們後方響起爆炸聲，又有另一棵樹倒向男人們那邊。是剛才不見蹤影的羅西不知不覺間移動到敵人後方，與這邊包夾了敵人。十字弓的箭飛到不相干的方向。轟隆聲與飛塵讓森林裡頭陷入混沌的狀態。

因為樹木朝這邊倒下，我迴避到諾特指定的逃走路線那邊。

——趁現在，快逃吧。潔絲在你附近，她躲在擬態成岩石的避難所裡。

傳來諾特的聲音。

（可是，還差一點就能打倒所有人不是嗎？）

——外行人別不懂裝懂。要殺掉壯漢很花時間。而且你已經沒必要了。

看不見的衝擊波飛了過來，將附近的立木震得粉碎。

的確，要是待在這種狀況裡，感覺很快就會變成絞肉。

——王都應該就在近處了。別管我，你們先走吧。

好耳熟的臺詞。但由諾特來說的話，聽起來異常地帥氣。

（你絕對不能死喔。）

——你也是啊。

可以在比我想像中更遠的地方看見諾特雙劍的火焰。狗咕嚕嚕叫的低吼聲，也在不知不覺間距離得相當遠。轉眼間靜寂就回到了周圍。

附近的岩石化為沙子崩落，披著麻布的潔絲從裡面走出來。

潔絲筆直地看向我。

「豬先生，諾特先生都那麼說了，我們走吧。」

既然潔絲這麼說，我沒有異議。

（說不定還有餘黨。一邊警戒周圍，一邊逃走吧。）

就這樣我們離開了戰場。

只能微弱地聽見劍與劍互相撞擊的聲響了。

我們盡可能地避免引人注目，同時一個勁兒地以能從樹木間看見的岩山為目標。潔絲頻繁地用手觸摸我的身體。

（覺得不安嗎？）

——嗯……諾特先生不要緊嗎？

（那傢伙沒問題的。他肯定已經打倒敵人，正準備回到瑟蕾絲在等待的村莊。）

——說得也是呢。因為是諾特先生嘛……

短時間內發生的衝擊經驗，似乎讓潔絲畏懼了起來。

（布蕾絲的事情真的很遺憾。但多虧了那女孩，就算萬一有餘黨逃脫，應該也會告訴其他人潔絲已經死了。再也不會有追兵了。之後只要盡可能地躲藏起來，祈禱不要碰上耶穌瑪狩獵者就行了。）

——說得也是呢。我會祈禱的。

（假如碰上了，對方也會小看我們。因為潔絲很可愛，一定有很多人想玩弄潔絲一番後再殺掉吧。那樣一來，我應該也有機會可以讓潔絲逃脫。）

——我沒有很可愛啦……

（別謙虛了。處男的我都說妳可愛，所以妳是真的可愛。）

——……謝謝您。

（很好。那麼，先來確認一下萬一有耶穌瑪狩獵者發現我們時，我們能做些什麼吧。我從諾特那裡拿到了魔法腳鍊。雖然攻擊力很低，但應該可以用來造成某種程度的妨礙。潔絲剛才也使用了可以擬態成岩石的避難所之類的吧。妳還有從諾特那裡拿到其他什麼小道具嗎？）

——有，炸彈和避難所各剩下一個。

潔絲這麼說，從包包裡拿出兩顆金屬球。施加了複雜的雕刻、跟高爾夫球差不多大的銀色球上，鑲著小小的立斯塔。其中一邊是紅色，另一邊則是黃色。

——然後還有一個……諾特先生說「只有在最糟的時候才使用」的東西……

潔絲又拿出另一顆類似的金屬球給我看。上面裝飾著狼的雕刻，鑲著綠色立斯塔。

（那是什麼？）

——聽說是獵人們會使用，叫做「喚狼」的道具。這好像是會發出耳朵聽不見的聲音，呼喚狼群來的道具……但狼也會襲擊我們，所以非常危險。只不過，他說在被耶穌瑪狩獵者發現的時候，只要召集狼群前來，躲在避難所裡的話，或許可以撿回一條命……

原來如此，真是妙計。不過，狼群要過來也得花上一段時間吧。要是在那段期間內，避難所被耶穌瑪狩獵者挖出來的話，就沒有意義。如何使用其他道具來爭取時間，應該會成為重要的關鍵。

（不過，有著這麼多道具，總有辦法解決吧。相信我吧。我絕對會把潔絲送到王都。）

潔絲看似不安地將三顆金屬球收到包包裡。

——謝謝您。我們一定要兩人一起進入王都喔。

是啊——雖然很想這麼說，但有一件事我必須先說在前頭。

（噯，潔絲。有一點希望妳可以遵守。）

——什麼事呢？

（要是沒有潔絲協助，我應該進不了王都吧。因為我是一隻豬嘛。但潔絲能夠前往。就算只有一個人，應該也能進入王都才對。所以說，就算萬一我出了事，潔絲也要筆直地以王都為目標前進。知道了嗎？）

不出所料，潔絲露出無法接受的表情。

——可是沒有豬先生在的話，我……

（我和諾特為了潔絲，為了把潔絲平安送到王都，一直拚命到現在。潔絲妳有義務。就算剩下妳一個人，希望妳也不要白費我們的努力。）

——說得也是呢，我知道了。

汗水滑過潔絲下顎的輪廓。汗水被吸入了「像是美麗淺水湖泊的顏色」的領巾裡。

似乎很悲傷的眼睛看著我。

（怎麼啦？）

——那個，我……

潔絲忽然移開了視線。

——呃……還是算了，沒什麼。

我決定不去追究她原本想說什麼。

昏暗的森林裡沒有道路，我們只是不斷朝著希望前進。

等待著我們的是陡峭的懸崖。我們是以山為目標，所以應該已經到達了目的地。不過沒有看到入口，至少無法從我們到達的地方進入王都的樣子。沒有入口，要進去的話，就「向王訴說吧」——布蕾絲的話在腦海中復甦。然而我不曉得方法。

（潔絲，這麼做可能沒用，但妳試著朝王都吶喊吧。妳吶喊「請讓我進去」。為了避免被耶穌瑪狩獵者發現，一喊完就立刻移動。）

——我知道了。

潔絲大大地吸了口氣。

「請讓我進去！」

潔絲的聲音響起，有幾隻在附近的烏鴉嚇到飛走了。不過除此之外沒有要發生任何事的跡象。果然還是不行嗎？

總之現在只能到處走走，尋找線索吧。太陽準備要下山了。到處可以聽見烏鴉的叫聲。

（好像不是這樣啊，沒辦法。只能沿著懸崖前進了。我們走吧。）

為了避免引人注目，我們稍微進入樹林當中，開始看不見終點的健行。與美少女心靈相通，在傍晚的森林裡前進。能聽見的只有靜悄悄的樹木低喃，與蟲和鳥的聲音而已。我心想倘若潔絲不是處於有生命危險的立場，該有多麼幸福呢。

日落之後天色變黑，月光開始照亮森林。諾特說的話是真的。在黑暗的森林地面上，四處可以看見隱約發亮的蘑菇群。一想到大概有耶穌瑪像布蕾絲一樣在那裡斷氣，就讓人覺得難以承受。

無論經過幾個小時，都找不到入口。潔絲的步伐變得不穩。已經走了相當長一段路。我命令潔絲，讓她坐到我的背上。

（別睡著啊。）

——我不會睡的。所以我們一直聊天吧。

我與潔絲交談著無關緊要的話。我想我跟潔絲都意識到說不定再也沒有機會像這樣聊天了吧。

究竟走了多久的路呢？我想應該已經到了半夜。我的腳停了下來。因為覺得好像有腳步聲從遠方的樹叢傳來。

嗡——有個低沉的聲響通過，發出有什麼東西撞上附近樹木的聲音。潔絲一言不發地重心失衡，從我的背上滑落。

（怎麼了！）

潔絲蹙起眉頭，從地面仰望著我。

——好像有誰在。

水色連身裙的右肩染成了黑色。我用左眼看向發出聲響的樹木，只見有根短箭刺在上面。我用右眼看向一八〇度的反方向。只見在樹叢另一頭的黑暗中，距離大約十公尺的地方，有個身穿黑色衣服的男人架起十字弓窺探著這邊。似乎是男人射出的箭掠過潔絲的肩膀，刺進了樹木。我趴下躲藏起來。

「小姑娘，就算逃跑也是白費功夫。乖乖地出來吧。」

可以聽見骯髒男人發出肉麻的聲音。

（別動啊，潔絲。傷口深嗎？）

——不，不要緊的。

潔絲悄悄地移動左手，按住右肩。黑色汙漬從她的手底下擴散開來。

我無法冷靜地呼吸。潔絲受傷了。雖然她說不要緊，但潔絲是無論什麼時候都會主張不要緊的少女，說不定是很嚴重的傷。對手是武裝的男人。該怎麼做才好？該怎麼做才能讓潔絲逃走？

——那個……我不要緊的……豬先生請逃走吧。

令人難以置信的話在我腦內響起。與其說是溫柔，更像是冷淡了。

（別說傻話了。要是我在這裡逃走，這趟旅行究竟有什麼意義啊。）

——我覺得這趟旅行很開心。所以——

（我們不是為了享受遠足才到這裡來的吧。我是絕對不可能對潔絲見死不救的。算我拜託妳，請妳至少要明白這一點。）

潔絲看向這邊，流下一抹眼淚。她的表情是笑著的。

「還有其他人在嗎？就算你們悄悄商量也沒用。那根箭上塗了毒藥。已經沒救啦。要是有同伴在的話，我可以只放過同伴喔。」

他騙人。難道說……雖然差點陷入恐慌，但我冷靜地聞了聞潔絲的肩膀。除了美少女的鮮血氣味與美少女腋下的香味之外，沒有其他特別的氣味。箭上沒有毒。

（他在虛張聲勢。他只是在試探有沒有同伴潛藏著而已。不可以回答。）

正準備開口的潔絲連忙閉上了嘴。

「怎麼啦，小姑娘。我的目標只有小姑娘而已。我要過去那邊嘍。可以吧？」

男人還是一樣朝這邊呼喚，但他似乎警戒著周圍，還沒有要動作的樣子。不過，他無論何時過來這邊都不奇怪，而且也不能保證對方真的是一個人。

我急忙地重新確認我們持有的物品。首先是可以操縱地面之水的腳鍊——不過要在這種距離攻擊男人，這個的動作實在太慢了。周圍的水也很少，所以要弄倒樹木也很困難吧。接著是阿宅操控的豬的身體——要是對方用十字弓迎戰，會受到致命傷啊。然後是潔絲——不行，現在這種狀況就連讓她當誘餌也過於危險。

這樣的話，雖然沒有用過，但只能活用諾特授與的三種道具吧。

是看了我的內心獨白吧。潔絲依然躺在地面上，悄悄地移動滿是鮮血的右手，從包包裡拿出三種金屬球。球上分別鑲著紅、黃、綠的極小立斯塔。是炸彈、避難所、喚狼。

「哎呀，妳好像有動作呢。這可不好。因為我也是一個人，妳要是抵抗的話，會很麻煩呢。」

男人一邊觀察著周圍，同時謹慎地朝這邊踏出一步——假裝是這樣。男人的腳收回到原本的位置……我懂了，他並沒有急著要殺掉潔絲。耶穌瑪就像是肥羊自己送上門來，還會附帶調味料的種族。因為受了傷，也不用擔心她會逃掉。對男人來說危險的不是耶穌瑪，而是**可能跟在她周圍的傢伙**。要是有同伴的話，首先去處理那邊，等確定潔絲是一個人之後，再對潔絲動手就行了。不立刻殺掉她而是讓她活下來的話，也能享受一定的**樂趣**吧。

涼爽的風搖晃著昏暗森林的樹木。我聞了聞風。左邊沒有人的氣味。不過前方似乎潛藏著另外一個跟肉麻聲音的男人不同、有汗臭味的人類。他虛報戰力，想讓這邊疏忽大意。看來是依照有條理的作戰在行動、相當謹慎的對手。

不過，當然不能在這裡讓潔絲死掉。

（好啦，潔絲，這是最後一場勝負了。要拚死地活下去喔。）

「諾特先生，不行。不可以過來。」

潔絲發出聲音這麼說道。她的右手混在那聲音裡啟動「喚狼」。

叮————！叮————！

彷彿要刺進頭蓋骨裡的超高音瞬間響起。雖然早就預料到，但果然還是很痛苦。狼和狗——當然豬也是，能夠聽到比人類更高頻率的聲音。「喚狼」就是利用這點，在人類聽不見的音域發出轟鳴聲，召集狼群前來——應該說惹怒牠們——的道具吧。

架著十字弓的男人對潔絲的話產生反應，他的身體轉向潔絲的聲音喊話的方向——也就是我的後方。從「嗅狼」的噪音後面，可以斷斷續續地聽見那個肉麻的聲音。

「果然有——在呢。看妳一直偷偷——我就在想搞不好是這樣。不過——這個耶穌瑪已經沒救嘍。毒——叫諾特還什麼的。還是死了心回去——也是一個人，不太想跟你——」

男人一邊這麼搭話，同時將十字弓抬高到臉部的位置，朝「諾特」應該在的方向前進一步。十字弓彷彿手電筒一般發出亮光，照亮男人的前方，還有男人被邋遢的鬍渣鑲邊的臉頰。響起啪咻的聲響，男人射出去的箭貫穿虛空。男人迅速地搭起下一根箭。我趁這段期間急忙奔向左前方。

啪嘰。

我在移動途中不小心踩到樹枝，隨後，後腳竄起一股燒傷般的劇痛。似乎是被箭刺中了。嗶嘰！——雖然很想這麼大叫，但我不會發出叫聲。因為我絕對不能把嘴裡叼著的金屬球弄掉。我以左前方為目標，靠剩餘三隻腳在草叢中不斷奔跑。

「怎麼，是山豬嗎？」

可以聽見聲音肉麻的男人像在自言自語似的說道。

叮——！叮——！

「嗅狼」還在鳴叫著。我一溜煙地奔跑，跑到沒有敵人的左前方。我跟潛藏起來的男人所在的那一帶，還有肉麻聲音的男人恰好大致在一直線上並列起來。附近有正適合的樹木。我謹慎地把金屬球放在那棵樹的根部。潔絲從金屬球上拉出了像是折疊刀的金屬爪。只要折斷這個……

我用前腳踩住，彎曲爪子。發出嘎嘰的聲響。好，快逃吧。

為了能夠支援潔絲，我前往比原本所在的場所更高的上風處。那兩個男人位於下風處。可以看見潔絲半走半爬地遠離男人們，以跟我會合為目標。

（要來嘍，準備好。）

我這麼告知潔絲的瞬間，橘色閃光與彷彿衝擊波的轟鳴聲劃破了黑暗。接著傳來嘎吱嘎吱嘎吱的可怕聲響，針葉樹的粗壯樹幹朝男人們那邊倒落。

可以看見肉麻聲男的十字弓光芒閃爍不停。另一個男人慌忙地站起來，像是在警戒爆炸的場所一樣，躲避到其他地方。他好像在說些什麼，但混入了「喚狼」的聲響中，我聽不見。我趁這段期間盡可能地拉開距離，要潔絲逃走，躲到避難所裡。雖然避難所被發現只是時間的問題，但只要狼群一來，耶穌瑪狩獵者也會死心吧。

我停下腳步，將意念注入腳鍊。可以看見有水慢慢地從地面滲出。就在我這麼做的期間，樹木也一邊折斷樹枝一邊倒落，幫忙擋住周圍的視野。

叮————！叮————！

彷彿要鑽進腹部內側一般的不快聲響反倒鼓舞了我。

（潔絲，之後就交給我。我來擋住那些男人。妳盡可能地離遠一點，在不引人注目的地方躲到避難所裡。）

——是的，我知道了。

順從的聲音在腦中響起，讓我放心了。這樣潔絲就能得救了吧。我增強念，在局部製造出泥沼。我還設法讓四處凍結起來，盡可能地讓人難以行走。別小看邊緣人啊。我很擅長整人的。

我用倒木與泥沼大致設置好了場地，因此我更進一步地閃避到潔絲前往的方向，再次一邊警戒著男人們，一邊使用腳鍊。就在這時……

——豬先生，請救救我！

潔絲的聲音撼動腦袋。我急忙聞著風的氣味，前往散發出潔絲氣味的方向。潔絲倒落在地面上。穿著水色連身裙的身體躺在泥土上。

騙人的吧。發生什麼事了？

我連忙飛奔靠近，結果潔絲突然用難以想像是傷者的敏捷速度緊抓住我。

——請趴下。

我照她說的趴下，耳邊接著響起嘎嘰一聲，可以看見麻布在我們上方迅速地擴展開來。喂，這是…………我被潔絲算計了。

麻布勉強將我們遮蓋起來。發出沙沙的聲響，幾乎看不見原本透過的光了。我與潔絲兩人一起被塞在避難所的黑暗裡。有個詞叫做擠沙丁魚，現在正是那種狀況。我與潔絲緊貼著身體，以幾乎沒有動彈餘地的姿勢收納在擬態在岩石的避難所裡。

叮──────！叮──────！

在稍微有些距離的地方，「喚狼」至今仍不斷響著人類聽不見的轟鳴聲。我已經不曉得耶穌瑪狩獵者的情況。

（笨蛋，這樣我不就不能轉移敵人的注意力了嗎？要是被發現的話該怎麼辦？）

我著急地這麼傳達，於是潔絲非常用力地緊抱住我。

──笨的是豬先生。假如我一個人進入避難所，在狼群來的時候，豬先生打算怎麼辦呢？怎麼辦……只能走一步算一步了吧。

在我尋找可以反駁的話時，從近處傳來複數嗷嗚嗷嗚的叫聲，以及好幾隻腳踩踏地面的聲響。聲響在附近停止了。

「是狼群啊！撤退！」

可以聽見男人的吶喊聲。嗷嗚吠叫著的聲音在附近發出。肉食獸的野獸氣味從避難所與地面的縫隙間稍微飄散過來。是「喚狼」發揮了效果，有狼群聚集過來了。這下只能祈禱，等牠們離開了。

我想至少做點什麼，用腳鍊的力量將避難所周圍盡可能地先變成沼地。

狼群還沒有離開的跡象。

──請看，要是豬先生在外頭的話，不曉得會有什麼下場。

明明潔絲的手應該受傷了，但她依然緊抱著我不放。

（說得也是啊，我欠妳一份恩情。）

我這麼傳達之後，內心的疙瘩依舊無法消除。我補充說道：

（但這是結果論。狼群未必會立刻前來。我應該對潔絲說過，要妳一個人躲起來。因為這麼一來，我就可以轉移那些男人和狼群的注意力，至少可以確實地拯救到潔絲。潔絲剛才的判斷搞砸了那個作戰喔。妳把我和諾特拚命想保護至今的妳的性命，暴露在危險之中。）

——我怎麼樣根本無所謂。只要豬先生能活下來的話……

不管說幾次她也不明白。我差不多有些火大了。

（噯，潔絲，妳其實不想死吧。想到達王都對吧。既然這樣，就老實地那麼說啊。妳應該更愛惜自己一點。）

她沒有回應。

（雖然不曉得是什麼讓潔絲這樣犧牲奉獻，但妳那樣子是活不下去的喔。妳可以再任性一點的。）

潔絲像在顫抖似的搖了搖頭。

——我已經足夠任性了。

（沒那回事。妳至今有說過什麼任性的話嗎？）

——不希望豬先生死掉的任性。

潔絲超出必要地將身體湊近我。柔軟的胸部推擠到我的腹部上。濕潤的臉頰碰觸著我的脖子。我們渾身是血，在岩石中蜷縮起身體顫抖著。

我說不出話。雖然想摸摸潔絲的頭，但豬的關節沒辦法那麼做。

——您有那份心意，我就非常開心了。

潔絲的聲音傳達到腦內。我心想別看我的內心獨白啦。

尖銳的「嗅狼」聲響，不知不覺間停止了。從遠處響起充滿親近感的遠吠，可以知道狼群逐漸離開。

我與潔絲脫離避難所，總之為了離開現場不斷前進。一邊祈禱著不會再遇到更多難受的事情。

（血止住了嗎？）

——是的，勉強止住了。

潔絲用布包紮右肩。布的折痕有些地方滲出鮮血。

潔絲也幫忙拔出我後腳的箭，並用布包紮。每當我移動腳，滲出鮮血的布就會發出滋滋的聲響。

下次再被人盯上的話，真的就完蛋了。不，就算沒被盯上，我們的體力也已經撐不過半天了吧。也有可能在夜晚時被狼群襲擊。

——那個，豬先生。

（怎麼了？）

——我是第一次有人這麼靠近地陪在我身邊。

我的心臟猛然縮緊，感覺就像是雲霄飛車急速下滑一樣。

（別說了，別立那種死亡旗標啦。）

——我真的覺得很幸福。我只是想告訴您這件事。

視野忽然開闊起來。是走在身旁的潔絲被樹根絆倒了。我連忙停下腳步。

（……再繼續前進也沒完沒了啊。暫且在這邊休息一下吧。）

我這麼傳達，讓潔絲坐在附近的樹根處。我在她身旁趴下。可以感受到包紮在後腳上的布流出鮮血。風好冷。呼吸困難。

——豬先生覺得如何呢？

（什麼如何？）

——豬先生現在幸福嗎？

潔絲美麗的褐色眼眸看著我。她的眼睛已經注視到結局了。

（不，我不幸福呢。）

潔絲露出看似悲傷的表情，半張著嘴僵硬住了。

（我還沒有放棄。一想到眼前還有更大的幸福在等著，我實在無法覺得到目前為止的自己很幸福啊。）

——這樣嗎……很像豬先生的作風呢。

（不過，假如就算在這裡死掉，我也不會後悔就是了。畢竟要是普通地活著，絕對不會有美少女用胸部推擠我的經驗吧。）

潔絲的左手貼向胸口。她滿是傷痕的手指握住布料——

（等等，這是處男玩笑啦。別當真啊。）

我將視線從潔絲身上移開。這時，在眼前發出沙沙的聲響。

（有什麼在。）

我這麼告知，定睛凝視著黑暗。黑色的某個東西大動作地搖晃著。

是赫庫力彭。

黑色毛皮被白色月光照亮，讓牠的輪廓浮現出來。不斷朝左右搖晃的軀體。彷彿被人用圖釘固定在空中一般動也不動，宛如蝙蝠般的光禿頭部。一雙大大的黑色眼睛。

就算聽說牠什麼也不會做，還是會忍不住在生理上感到恐怖的怪物。

赫庫力彭一直凝視著這邊，彷彿誇張的鐘擺一般搖晃著身體。

（牠真的無害吧？）

我這麼確認，於是潔絲將手放到我的背上。

——對，赫庫力彭什麼也不會做的。

從彷彿一瞬間就能飛撲過來的距離一直注視著我們，詭異地不斷搖晃著身體的野獸。諾特視為眼中釘的野獸。我以前所在的世界裡從未見過的怪物。

……嗯？

腦海中響起所有拼圖碎片連接起來的聲響。我懂了。我懂了喔。沒錯。肯定就是這麼一回事。這簡直就像為了來自異世界的我準備的謎題。

（噯，潔絲，妳覺得赫庫力彭什麼都不會做對吧。）

——對，是那樣沒錯呢。

（但實際上，赫庫力彭正在做**某件事**。）

——牠正在搖晃。

（不光是那樣而已。大家只注意到牠在搖晃，而沒有察覺到本質。妳看，**赫庫力彭不是正在看著我們嗎？**）

——的確，您說得沒錯。

（赫庫力彭是從暗黑時代結束後突然開始出現的——妳這麼說過對吧。）

——是的。

（我說啊，潔絲，我的故鄉也棲息著跟這個梅斯特利亞相同的動物們。但獨缺赫庫力彭。）

諸位明白這其中的意義嗎？

（生物們是在吃或被吃、欺騙或被騙這些複雜的相互作用互相影響下生活著，這就是所謂的生態系。所以說，赫庫力彭存在於自然裡的生態系，照理說絕對不可能跟我知道的生態系一樣才對。）

——聽您這麼一說……豬先生的故鄉獨缺赫庫力彭這件事，的確有點奇怪呢。

（於是可以歸納出某個結論。赫庫力彭是在暗黑時代那陣子，**被人從生態系之外帶進來的生物**。更進一步補充的話，就是被魔法使創造出來的生物。能夠創造出這種生物的，也只有魔法使了吧。）

——假如是那樣，究竟是為了什麼……

（妳想想赫庫力彭都在做些什麼，在看著我們對吧。換言之，就是監視。希望妳回想一下巴普薩斯的修道院。石造建築物燒得那麼嚴重，實在太奇怪了吧。但是，如果是魔法使利用赫庫力彭監視民眾，發現有人藏匿耶穌瑪，用魔法燒燬了建築物的話呢？）

潔絲的手在我的梅花肉上顫抖。

（從火災發生不久前，赫庫力彭便開始頻繁地在修道院周遭出現——瑟蕾絲曾這麼說過。）

——是為了強化監視嗎？

（應該是吧。關於對耶穌瑪的待遇，有這樣的規則對吧。「不可以讓耶穌瑪搭乘交通工具」——是王朝這麼決定的對吧？妳不覺得王朝是怕耶穌瑪會逃離監視嗎？過了十六歲之後，不是來來王都就是死掉，不然便傷腦筋了，所以才燒掉藏匿耶穌瑪的修道院，給予懲罰。要是耶穌瑪擅自移動到遠方就傷腦筋了，所以才禁止搭乘交通工具。）

潔絲似乎理解了，她動也不動。

——但我們沒有做任何壞事……

這種事我知道。但這個社會就是這樣子，因為某個理由。

還有，布蕾絲昨晚告訴我的線索。

向王訴說吧。

布蕾絲的話在腦中復甦。

——在北部的一部分地區中，流傳著這樣的傳聞。耶穌瑪要進入王都的方法只有一個，就是「向王訴說」。

要怎麼向王訴說呢？就算實際上吶喊出聲，也不會傳入他耳裡。那要怎麼做？

雖然方法簡直就像脫逃遊戲一樣，但恐怕就是這種方法沒錯吧。機會難得。不光是訴說，也恐嚇一下王吧。我要用溢傷攻擊結束這趟旅程。

（潔絲，**妳對著赫庫力彭這麼說吧**——「請讓我進入王都。關於耶穌瑪的真面目，我有話想說」。）

潔絲看著我，緩緩點了點頭。我也點頭回應。

潔絲大大地吸了口氣。她用顫抖的聲音複述我的話。無論用內心還是耳朵聽，我都覺得她的聲音真是悅耳又美麗。

赫庫力彭還是一樣，仍然凝視著這邊不斷搖晃著。期待落空了嗎……

就在我這麼心想的下個瞬間。嘎拉嘎拉嘎拉——在附近響起了懸崖崩落的聲響。

我和潔絲互相對望。

（走吧。）

「是的！」

我們兩人好不容易站了起來，朝著聲音發出的方向不顧一切地前進。我發現天空微微地變亮了。能看見在黎明的天空下冷酷地聳立著的岩牆上，冒出了大洞。我們一個勁兒地前進。隨著逐漸靠近大洞，可以知道洞穴裡是往上的階梯。我側眼看向潔絲。她一心一意地朝著入口前進。即使沒有交換意念，我們也是一心同體。我們步履蹣跚地到達目的地。

我們進入洞穴，定睛凝視階梯的上方。

有個留著金色長髮的女性從裡頭走了下來。她穿著彷彿好萊塢女演員會穿的那種白色長禮服。年紀大概三十左右吧。有著成熟的端正容貌。

女性在還剩幾階時停下腳步，露出微笑開口說道：

「妳很努力地來到這裡了呢，潔絲。請進，跟聰明的豬先生一起。」

聽到溫柔的聲音，安心感讓我鬆懈下來，我不禁腳軟跪地。終於。

敞開的入口彷彿將影片倒帶一樣，周圍的石頭聚集起來，埋住了入口。通往前方的狹窄石頭階梯，被提燈溫暖的光芒照耀著。

女性像是突然想起似的，輕輕地碰觸潔絲的肩膀。原本包紮著潔絲肩膀的布伴隨光芒消失，傷口很快地癒合了。女性接著觸摸我的屁股。不過她當然不是女色狼。我感覺到後腳的疼痛融化消失了。

得救了。光是這樣，我的內心就感動不已。

我們被帶到建造在岩石裡的豪華房間。沒有其他任何人在。

女性說了等我們睡醒時會來迎接我們後，便消失到某處去了。

渾身沾滿血和泥巴的我們，孤單地被留在奢侈的寬敞個人房裡。跟至今為止過夜的旅店截然不同，氛圍宛如一流的古堡飯店。

潔絲搖搖晃晃地坐到皮製椅子上。

「真累呢……」

（是啊，筋疲力盡了。）

「不能弄髒寢具。洗過身體後再睡吧。」

（說得也是。我們的模樣慘不忍睹呢。）

「我來幫您刷毛。請您在聽到我呼喚時過來喔。」

（……這樣啊，幫了大忙。）

我什麼也沒想地回答了。

潔絲先進入了浴室。過了一會兒後，可以聽見嘩啦嘩啦的水流聲。這裡可是魔法使居住的山，應該有熱水吧。

「豬先生，請進。」

聽到潔絲呼喚，我前往聲音傳來的方向。這裡很周到地設置了脫衣間，裡頭的大扇門扉敞開著。是浴室。浴室充斥溫暖的熱氣，舖設著明亮的粉彩色磁磚。有大型浴缸與不斷流出熱水、像是瀑布一樣的東西。

潔絲裸體站在那裡。

我反射性地閉上眼睛。

（抱歉……我有那麼一瞬間不小心看見了……）

「沒關係喔。說裸體要保留到關鍵時刻才展現的，不就是豬先生嗎？請睜開眼睛，仔細觀賞。」

被溫柔的聲音這麼催促，我緩緩地睜開眼皮。

我覺得只能用美麗來形容。含蓄且藝術性的曲線。柔嫩的白皙肌膚彷彿會溶化到熱氣裡一般。

潔絲對我招了招手。

「為了不對國王失禮，我會好好洗乾淨的。這段期間，您不可以移開視線喔。」

腦袋無法運轉。我就這樣茫然地任憑潔絲擺布，讓她幫我刷毛。在超近距離看到的少女身體

反倒像是幻想一般，沒有真實感。

可以感受到潔絲的手撫摸著我的背。我有意地移開眼睛焦點，避免直視就在眼前微微搖晃著的那些果實。

「不仔細看著不行喔。因為我現在能給您的謝禮，就只有這個了。」

被她讀心了。無處可逃。

（別說這種話啦，這樣我簡直就像變態臭豬仔不是嗎？話說在前頭，像是摸摸還是聊天這種健全的行為，對我來說比較像是獎賞喔。）

「我現在也在那麼做不是嗎？這是我自己動腦想出來的、卯足全力的謝禮。請您收下吧。」

（是嗎……既然這樣，就只能收下了呢。）

潔絲笑了。說不定那笑容對我而言就是最大的獎賞。

潔絲看著我，嘴角又更往上揚。

（別勉強自己笑啦。妳自然地笑著的時候，是最迷人的。）

「是這樣嗎，自然地……」

潔絲放鬆原本揚起嘴角的表情，看著我的眼睛。

「這樣的話怎麼樣呢？」

（嗯，很自然呢。）

「這樣子嗎，太好了。其實我還不是很懂什麼叫做自然地笑。」

（……這話是什麼意思？）

潔絲搓揉著我的腹部。

「所謂的侍女是非常孤獨的工作。笑容總是為了給某人看而露出來的。其實不太會自然地流露出來。」

我猛然一驚，回想潔絲至今為止的笑容。

「但那也是在與豬先生相遇前的事情了。因為豬先生讓我笑了很多次。」

（……什麼啊，是那樣的話就太好了。）

「像是豬先生表演舞蹈給基林斯先生看的時候，我甚至差點笑出聲來，連忙屏住了呼吸呢。」

（拜託別說了，那是黑歷史。）

潔絲又笑了。

「如果您希望的話，也可以由我來管教豬先生，教您怎麼跳舞喔。」

咦，可以請潔絲管教我嗎？嚄嚄！

（等我變回人類後，我們一起跳舞，妳邊跳邊教我吧。）

雖然我耍帥地這麼告訴她，但因為在內心獨白寫出了真心話的緣故，根本是白費力氣。

潔絲忽然停下了手，筆直地看著這邊。

「那麼，在人類的狀態下，由我來管教您如何呢？」

…………？

「那……那個，我是開玩笑的……」

（什麼啊，別嚇我啦。）

害我有一瞬間想像了那種場景不是嗎？

我滿期待可以變回人類。但真的能變回去嗎？國王到底打算拿我們怎麼辦？我還是感到無盡的不安。

潔絲也跟我一樣嗎？她用有些緊張的表情繼續幫我刷毛。

「豬先生。」

潔絲一邊清洗我下顎下方，同時在耳邊低喃：

「無論明天會有什麼結果，能跟豬先生一起旅行，我真的覺得很幸福。」

（哪兒的話……）

就在我不曉得該說什麼才好時，潔絲的嘴唇輕輕地碰觸了我鼻子旁邊。

「豬先生，謝謝你。」

在蓬鬆柔軟的床鋪上香甜地入睡的我們，被前來迎接的女性叫醒了。從太陽的高度可以得知是中午時分。女性幫忙潔絲整理儀容，然後帶領我們到「上面」。

向。

我們一進入大箱子形狀的房間，那房間就像電梯一樣動了起來，把我們送到與重力相反的方

（那個，不好意思，那邊那位漂亮大姊姊。）

我用思念這麼搭話，於是帶路的女性轉頭看向這邊，露出微笑。

「是的，什麼事呢？」

我確認女性的脖子。跟潔絲不同，沒有配戴項圈。

（您好像能夠看透我的想法呢。氛圍也讓我有一種親近感。請問您是耶穌瑪嗎？）

女性含意深遠似的揚起嘴角。

「我認為你很接近答案喔。」

聽到這番話，我與潔絲互相對望。潔絲也明白這個意思吧。假如女性曾經是耶穌瑪，表示今後潔絲可以像她一樣獨立自主地活下去的可能性很高。似乎也能請人拿掉項圈。

箱子到達的地方是寬敞過頭的大廳。天花板位於好幾十公尺上方，在遙遠的上方形成巨大拱門狀。天花板上有描繪著許多人的濕壁畫。牆邊並列著白色的巨大雕像，擺出強調男性肉體美或女性曲線美的姿勢。大廳中央有張氣派的圓桌，周圍並排著十張以上的扶手椅。有一名身穿紫色長袍的老人，與一名打扮樸素的年輕人，分別坐在以時鐘來說是十二點與三點的座位上。我們被帶領到圓桌那邊。靠近一看之後，發現那裡有異常大張、椅面很高的椅子。

「坐吧。維絲也在那裡坐下。」

傳來老人的聲音。因為圓桌的關係，從我的角度只能看見坐著的兩人的腳，但我的身體突然浮了起來，被輕飄飄地放到大張椅子上。

圓桌上擺滿了麵包、火腿、蔬菜和水果等食物，兩人正用餐到一半。

被叫做維絲，負責帶路的女性，坐到以時鐘來說是九點的座位。我與潔絲則是六點和七點。

「吃吧。你們肚子餓了吧。潔絲可以幫忙夾菜給豬。」

麵包還塞在右臉頰中的老人這麼說道。是個優雅捲起的白髮與長鬍鬚十分引人注目、感覺很聰明的老人。年輕人有一頭捲得相當厲害的金髮，眉毛十分濃密，輪廓宛如雕像一般深邃。他默默地吃著蔬菜。

潔絲用沒什麼自信的聲音道謝後，相當客氣地夾了一些菜到對方準備好的盤子上。

我做好了要與偉大國王會面的覺悟，因此我一直以為會有個戴著滿是寶石的王冠並且手持長杖，傲慢地坐在寶座上的男人，然後我們得在男人面前跪拜在地毯上，但看來我們似乎是被邀請來用餐。

「你感到不滿的話，我也可以傲慢地坐在寶座上，但這樣比較容易交談吧。」

老人這麼說了。

他看透了！我的內心獨白！

（十分抱歉。我太失禮了。）

「別放在心上，年輕人啊。畢竟沒什麼人知道魔法使可以看透人心嘛。」

「……這表示您是魔法使嗎？」

還沒有開動的潔絲這麼詢問，於是老人點了點頭。

「正是。我就是王，名叫伊維斯。這邊是我孫子修拉維斯。他個性冷淡，實在不好意思。」

修拉維斯一邊吃著草，一邊看向這邊，稍微晃了晃頭。他是在打招呼吧。我也點頭回應。

「那麼，潔絲似乎有事情要拜託我們啊。不用客氣，說出來聽聽吧。」

客氣地喝著果汁的潔絲，連忙放下玻璃杯。

「是的！呃，那個……希望您能把豬先生變回人類。」

比起自己的待遇，更優先考慮我的事情。我心想她真的是個善良的傢伙。

伊維斯塞滿麵包的嘴露出笑容，他將嘴裡的東西吞了下去。

「好吧。這事情並不難。只不過有個條件。」

潔絲一臉緊張地點了點頭。不曉得他會提出怎樣的條件，我也擔憂不已。

「希望妳現在就在這裡答應我一件事。我希望潔絲可以跟我約定，無論把這個變成豬的年輕人恢復原狀的手段是什麼，妳都會見證整個過程。」

原來是這種事嗎——緊繃的梅花肉放鬆了下來。但他特地把這件事當成契約，讓我感受到一抹古怪。這邊先——

「當然可以！」

潔絲幹勁十足地說道。

「這樣啊。那很好。約定就是約定。要請妳好好遵守喔。」

潔絲已經答應了。算啦，情況應該不會太糟吧。

維絲用複雜的視線看向我與潔絲。看起來也像是在憐憫我們的樣子。

「那麼，能請您幫他變回去對吧？」

潔絲的雙眼閃閃發亮。

伊維斯點了點頭。

「雖然隨時都能變回去……我想想，就在今天日落之前執行這件事吧。」

為何要設定期限？難道他以為潔絲會猶豫嗎……？

伊維斯看向我，浮現出意味深長的笑容。

潔絲將身體前傾。

「能請您用魔法將他變回去對吧？」

「並非那樣。」

無言的時間持續了一陣子。修拉維斯還是一樣不停吃著草。

「那麼……要怎麼做，豬先生才會變回人類呢？」

伊維斯筆直地看向潔絲。

「很簡單，潔絲。想讓妳的心上人恢復原狀的話，**殺掉那隻豬就行了**。」

潔絲的表情凍結住了。我也凍結住了。

「……請問，那樣做豬先生真的會變回人類嗎？」

「不會錯的。只要殺掉豬，年輕人的意識就會回到原本的世界。」

「原本的……世界……」

「為什麼會變成那樣，我想應該由潔絲主動坦承比較好……這個年輕人的意識在世界的夾縫間徘徊的時候，被強力的魔法拉了過來，寄宿到這個世界的一隻豬身上。年輕人的身體還在原本的世界沉睡著。只要殺掉這隻豬，年輕人的意識就會回到原本的身體喔。」

「那麼，豬先生就……」

「沒錯，他已經無法繼續待在這個世界。」

感覺就好像大腦開了一個洞。與潔絲的離別伴隨著日落逐漸逼近。只有這個事實填滿了我。

「約定就是約定。或許妳會覺得這樣很殘酷，但這是唯一一條正確的道路。將異界的人留在這個世界的話，不曉得何時會威脅到我們構築起來的國家。此外，要是一直將他的意識留在這邊，那個年輕人的身體過不久會死亡。年輕人會無法回到原本的世界。」

潔絲的眼眶微微泛淚。

伊維斯筆直地注視著潔絲，接著說道：

「而且，妳的心上人一直存在於這個世界的話，就沒辦法讓妳這樣優秀的魔法使嫁給這邊的修拉維斯啦。」

我在絕望之中聽見了——所有拼圖完全連接起來的聲響。

「魔法使……？」

潔絲似乎對被稱為魔法使一事感到驚愕，但我反倒可以理解了。即使是我也知道耶穌瑪這種存在非比尋常。在王都前與赫庫力彭面對面時，我讓潔絲說的內容也是意識到這點。

耶穌瑪的真面目就是魔法使。

這麼一想，各種事情都能合理地有個解釋。

伊維斯說道：

「正是。妳似乎是個天資聰穎、非常優秀的魔法使。當然在目前這個階段，妳還是會被一般人稱為耶穌瑪的狀態就是了。」

伊維斯輕輕地將右手對準潔絲。湖泊顏色的領巾輕飄飄地鬆開，被看不見的手折疊起來，放到桌上。伊維斯稍微抬起手，便響起卡鐺的聲響，銀製項圈裂開成左右兩半。裂開的項圈滑過半空中，被送到伊維斯的手邊。

「如何？這麼一來潔絲就不再是耶穌瑪了。」

潔絲的眼眶裡還殘留著淚水，她似乎無法理解這一切的樣子，僵硬在原地。

（恕我冒昧，但我有一個請求。）

聽到我的呼喚，伊維斯點了點頭。

「我覺得對你很過意不去。儘管說吧。」

（很感謝您告訴我們變回人類的方法。我已有所覺悟，甘於順從國王大人的判斷。）

潔絲用驚訝的眼神看向我。抱歉，其實我也……

（不過，至今還殘留著我無法理解的事情。假如方便的話，想請您將理由告訴我與潔絲。告訴我們這個國家必須有「耶穌瑪」這個「身分」存在的理由。）

修拉維斯停下吃著草的手，用一臉意外的表情看向我。

伊維斯雙手交叉環胸，暫時陷入思考。

「……這件事並沒有很多人知曉。不過就我窺探你的腦袋來看，你似乎已經幾乎推敲出正確答案。既然如此，傳達給潔絲也是時間的問題嗎？好吧。就當作是給你的餞別，還有給潔絲信賴的證明，我就告訴你們真相吧。」

（感謝您。）

伊維斯用充滿威嚴的態度重新坐穩。他將手比在餐桌上，他剛才使用的盤子便整齊地重疊起來，靠到桌子旁邊。

「潔絲，妳比較想吃甜食嗎？看妳根本沒吃什麼啊。也泡杯紅茶給妳吧。好好吃一頓吧。」

裝著像是丹麥麵包、感覺很甜的麵包的盤子，從餐桌正中央被送到潔絲那邊。茶壺冒出熱氣，味道芳香且清澈的琥珀色液體，被倒入四個茶杯裡頭。摻雜著各種香草的高貴香氣飄散過來。是花草茶嗎？茶杯被端到四人面前。這一切都是由伊維斯看不見的手進行的。我深刻地感受到他讓人無法反抗的絕大力量。

「好啦，年輕人，儘管問吧。你想從哪裡問起？」

（關於耶穌瑪這個「種族」，我只知道在這幾天聽說的事情。她們配戴著銀製項圈，從事侍女的工作。能夠不依賴眼睛或耳朵，與人心靈相通。能夠使用黑色立斯塔創造奇蹟。一到能工作的年齡，就會從某處前來，然後滿十六歲時必須賭上性命前往王都。只有女性。還有「不可以讓耶穌瑪搭乘交通工具」、「不可以侵犯耶穌瑪」這兩條規則。）

「看來你很準確地理解了重點啊。」

（這些事情都有它的理由。對你們而言具備意義。沒錯吧？）

「要說對我們而言，應該有點語病……不過具備意義這點確實沒錯吧。」

（耶穌瑪難道不是為了保持魔法使這個種族的系統嗎？）

伊維斯用認真的眼神看著我。

「原諒我為了說明，首先得反問你。你認為魔法使會衰退成這樣的原因是什麼？」

我在潔絲、維絲、修拉維斯的關注下，這麼告知。

（我認為是過於強大的力量，與其攻擊性所造成的。）

「看來我的見解大致與你相同。與肉身不符的強大魔力，以及過度的自我中心。魔法使因為這兩個緣故，變得會無止盡地互相廝殺，招致了暗黑時代，我是這麼認為的。然後將那兩樣東西封印住的，就是耶穌瑪會配戴的這個銀製項圈。」

伊維斯將裂成兩半的項圈拿在手上給我看。

（銀製項圈是魔法使製造出來的東西對吧。為了封住魔法使的魔力，蘊含了相對強大的魔力。正因如此，耶穌瑪的項圈才能高價售出。）

潔絲用手摀住了嘴。

伊維斯點了點頭。

「沒錯。魔法使增長過頭了。因此變得會互相廝殺，只剩下攻擊性強烈的人。所以偉大的祖先拜提絲大人給除了自己以外的倖存魔法使戴上項圈，封印了他們的魔力。只留下心之力與祈禱之力，將他們無力化了。暗黑時代就那樣劃下了句點。」

這表示讓心靈相通、還有使用黑色立斯塔這些耶穌瑪特有的能力，是她們身為魔法使的痕跡吧。

（那麼，為什麼被戴上項圈的魔法使們淪落到被當成奴隸對待呢？）

「因為有預料之外的成果。」

（預料之外的……成果？）

「沒錯。戴上項圈的人，魔力與自我中心的性格同時被封印起來了。那些人即使被當成奴隸對待、或是遭到歧視，也變得完全不會反抗了。」

（就算這樣，也不至於演變成可以讓她們受到不合理待遇的風氣吧。）

遭到歧視、像奴隸一樣地工作、不被人感謝、最後還會被殺害，連骨頭都被賣掉。想到那些堅強又純真的少女們，我不禁因憤怒而顫抖起來。

伊維斯暫時閉上雙眼。伊維斯睜開眼睛後，這麼說道了：

「你的社會也是一樣吧。只要有人類存在，必定會有誰遭到迫害。只要把戴上項圈的魔法使、被封住魔力的順從人們當成耶穌瑪這個種族，把他們當作奴隸、當成不合理的發洩對象，社會就會穩定下來。我在推動耶穌瑪的奴隸化時，逐漸明白了這就是真理。」

伊維斯高舉裂開的項圈。

「銀製項圈是利用耶穌瑪本身的魔力來持續其效果。換言之，給沒有魔力的人戴上項圈也沒有效果。能夠永續地封住自我中心性格的對象，只有魔法使而已。這是一邊悄悄地讓魔法使各式各樣的血統存續下來，同時讓他們潛在的價值能夠用來維持社會，實在是非常劃時代的裝置啊。」

（可是，您不覺得現在的結構做得太過火了嗎？為何滿十六歲的耶穌瑪非得冒著死亡的危險前往王都不可呢？）

「這是為了限制人數。能夠維持社會的耶穌瑪人數，以魔法使的人數來說實在太多了。所以只讓可以到達王都的優秀耶穌瑪存活下來，看是要請她們成為耶穌瑪之母，或是迎接她們加入我們的血統。」

（耶穌瑪只有女性，也是為了限制人數嗎？）

「正是如此。雖說封住了魔力，但他們有了小孩的話，依舊會有魔法使誕生。因此不知何時會有小孩的男孩在出生前就會被墮胎，並給生下來的女孩戴上項圈。女孩會徹底受到管理，讓她們不會在我們不曉得的地方生出具備魔力的小孩。像這樣進行管理、將她們養大、送到社會上，然後只允許優秀的人回來。為了達成拜提絲大人所期望的維持魔法族存續與社會穩定，這樣的生活鏈是不可或缺的喔。」

赫庫力彭纏人的監視。禁止搭乘交通工具的法令。禁止侵犯——也就是禁止讓她們生小孩的法令。這一切都是為了在留下魔法使血統的同時，讓社會穩定的規定。雖然殘酷，卻十分合理。倘若無視少女們的眼淚，可以說那也是種正確的判斷吧。

（最後一個問題。您認為透過讓耶穌瑪和立斯塔流通來成立的這個社會，可以長久地持續下去嗎？）

維絲與修拉維斯都驚訝得瞠大眼睛看向這邊。

伊維斯笑出聲來。那充滿威嚴的笑聲蘊含著難以反抗的音色。

「這還用說嗎？社會這種東西遲早會崩潰。不過我確信現在是比暗黑時代要正常許多的時代。至少在我統治的期間，我並不打算改變這個社會。還有，對於試圖改變的人，我會盡全力抵抗吧。」

聽到這番話，我心想自己根本沒有餘地去改變這個社會啊。

潔絲要在這個社會獲得幸福的方法只有一個。

然後我必須將自己的心意隱藏到最後才行。

據說在日落之前我們可以自由行動。為了讓我能趕在日落前返回原本的世界，我們被命令在日落的半小時前到「金之聖堂」。

伊維斯想必是知道我不會逃走吧。他以寬大的態度，將王都內的詳細地圖交給潔絲。

為了回應潔絲想從高處看看梅斯特利亞的要求，我與潔絲決定首先前往王都最上層的廣場。

潔絲露出悶悶不樂的表情，話也變少了。我也不知該如何向她搭話——應該說是傳達思念嗎？總之我只能像隻豬一樣陷入沉默。

我們到達廣場。彷彿希臘神話的世界一般，巨大的石柱並排在廣場上，其中設置著寬闊無比的石板地空間。簡直就像直昇機機場一樣。當然，不能否定可能會有龍在這裡降落起飛吧。

潔絲走到廣場邊緣，連接著石柱與石柱的柵欄附近有張長椅，她坐到那長椅上。我在她身旁坐下。從長椅上能瞭望到遠方。因為天氣很好，可以看到很遠的地方。不知是基爾多利所在的方向嗎？可以在彼端看見山脈。

風很強。潔絲用左手輕輕按住領巾，以免被風吹走。

（妳已經沒戴項圈了。可以拿掉那條領巾了吧？）

我這麼傳達，於是潔絲搖了搖頭。

「這條領巾我想戴在身上，因為這是豬先生幫我挑選的。」

有一種心臟被揪緊的感覺。這麼說來，諾特強制她拿掉這條領巾時，潔絲好像也改成纏在手腕上啊。不小心注意到不想察覺的事情了。

其實我也……

（噯，潔絲，那邊是基爾多利嗎？）

我改變話題。

「我想應該是。因為山的形狀我很眼熟……非常遙遠呢。」

（雖然這趟旅行很短暫，但我們走了挺長一段路呢。）

「是的，多虧有豬先生，我才能來到這裡。」

（沒那回事。我只是給潔絲一些簡單的建議而已。）

「不對。因為要是沒有豬先生在，我應該早就在基爾多林家的宅邸旁邊遭到殺害了。」

（要是沒有我，妳就不用去買立斯塔了。所以也不會有遭到殺害的理由。）

潔絲露出為難的表情看向我。彷彿想說沒那回事一樣。

「……那麼，沒有豬先生在的話，我應該拒絕了諾特先生的同行。那樣的話，旅程一定沒有那麼簡單吧。」

（這可難說喔。我不在的話，說不定諾特會糾纏不休地追著妳跑。）

「可是，說不定不是那樣子。注意到有人利用布蕾絲小姐設下陷阱的也是豬先生。能進入王都也是因為豬先生察覺到赫庫力彭的真面目。請承認吧。沒有豬先生在的話，我一定已經死了。」

潔絲的語氣變強硬起來。這說不定是第一次。

（說得也是啊。看來我似乎成為了不錯的旅伴。）

潔絲似乎想要感謝我。但是，必須感謝的人是我才對。因為救了我，又努力想讓我變回人類的是潔絲啊。

「其實不是那樣的。」

潔絲用彷彿會被風蓋過的微弱聲音這麼說了。

（妳指的是什麼？）

「是您的內心獨白。我並不是為了讓豬先生變回人類，才陪您一起的。」

（……這話是什麼意思？）

「豬先生一直感到疑問對吧。在遇見豬先生之前，我買了一個黑色立斯塔的事實——還有我一直對這件事保密的理由。」

（的確如此。）

「我將買來的立斯塔，用來實現我自私任性的願望。『一個人啟程前往王都好可怕，希望可以讓我遇見會幫助我的人』——我獨自一人在夜晚祈禱著這種事。然後隔天早上，您就在豬圈出現了。」

原來是這樣嗎？

我想起國王的話。我的意識在世界的夾縫間徘徊時，被強力的魔法拉了過來，在這個世界寄宿到一隻豬身上。魔法的真相就是潔絲的祈禱之力啊。

「那時候豬先生為了變回人類，只能跟我一起前往王都對吧？因為我並不聰明，祈禱的時候沒想到那麼多。但決定要一起前往王都後，我注意到了。假如豬先生是人類，豬先生也有不與我同行的選項。然而卻不是那樣。因為我的願望讓您變成豬先生的模樣，而不是人類。我察覺到這件事之後，也一直瞞著您。我一直在欺騙豬先生。」

雖然我覺得那根本沒什麼，但一看之下，潔絲已經流下了大顆的淚珠。

「對不起。我害豬先生遇到這麼過分的事情……」

她實在過於純真的眼淚和心靈，讓我暫時說不出話來。

我總算擠出的話是——

（就算自私任性，又有什麼關係呢？無論是誰都有向星星祈禱的自由。而且我也覺得能跟潔絲相遇很幸運喔。）

潔絲將臉湊近我的鼻頭。

「真的嗎？」

眼淚掉落到我的臉上。

（那當然啦。能與潔絲相遇真是太好了。）

潔絲暫且閉上雙眼，然後用滿是淚水的臉龐注視著我。

「那麼，可以再聽我一個願望嗎？」

（說說看吧。）

「我不希望您離開。請您不要回去原本的世界。」

…………

（抱歉，那我辦不到。我跟國王約好了。）

「為什麼呢？豬先生那樣也沒關係嗎？」

這是已經決定好的事情。就算要對自己的心情撒謊，也有應該守護的東西。

（妳聽到了吧。我不在的話，妳就能成為王族的血緣喔。在到達王都的耶穌瑪們當中也會特別受到眷顧，有幸福的未來在等著妳。而且我也能回到原本的世界。沒有比這更棒的快樂結局了吧。）

「但我不想要那樣。」

為什麼要像那樣讓我為難呢。

（潔絲大概不曉得，但我也有在另一頭的生活啊。我用功念書，考上了叫做大學的地方，正值我開始學習許多新東西的時期，而且也有要好的朋友。還有個超絕可愛的女友喔。）

「您不是說過您是沒有女友的經歷等於年齡的四眼田雞瘦皮猴混帳處男嗎？請不要撒謊。」

（……對啊，我狡猾地撒了謊。但是妳想跟這種混帳處男在一起嗎？）

「我想只要努力尋找，一定也有讓豬先生變成人類的方法。」

（就算我想留在這個世界，到最後也會惹國王不高興，結果還是不會變吧。而且，即使我變回人類，也是個不起眼的瘦皮猴眼鏡仔。諾特和修拉維斯比我要有男子氣概多了，妳一定會大失所望喔。）

「我絕對不會大失所望的。」

（為什麼妳在最後會變得這麼任性啊？）

「告訴我可以再任性一點的，不就是豬先生嗎？我不想分開。我不想跟豬先生分開。」

……算我拜託妳，別說那種話啦。我也不想跟潔絲分開啊。那當然了……畢竟我這麼喜歡妳，這是當然的。

潔絲哭腫的雙眼忽然動了起來，捕捉住我的雙眼。

「那些話……是真的嗎？」

糟了。不小心在內心獨白裡寫出來了。明明打算隱瞞到最後一刻的。

（妳說真的是指什麼啊？）

我裝傻。

「豬先生也……喜歡我嗎？」

（……當作沒聽見吧，拜託妳。）

「為什麼呢？既然豬先生也跟我有同樣的心情，我求求您，請跟我在一起。」

潔絲的聲音比平常高亢，因淚水而顫抖著。我也感受到自己明明只是一隻豬，淚水卻滑過臉煩。

（不行。我只會妨礙到潔絲的人生。）

「才沒那回事。豬先生無論何時都幫助了我。從今以後一定也是這樣。」

（我會幫妳到現在是理所當然的。潔絲很善良，但不受眷顧，非常柔弱。在我那個世界裡啊，是不可能對那樣的傢伙見死不救的。但是，今後的妳不一樣了。妳會成為魔法使，成為國王的血緣，能夠靠自己的力量活下去啊。）

「我不要。豬先生不在的話，我……」

我閉上雙眼，將堆積在豬眼眶裡的淚水推擠出去。

（妳啊，只是第一次遇見會設身處地幫助自己的人，才會緊抓著不放而已。然後我只是陶醉於妳需要我這件事而已。這不是什麼喜歡還討厭的問題。）

「不對。我喜歡豬先生，我明明希望您可以一直跟我在一起……」

胸口難受到彷彿要死掉一樣。乾脆順從自己的心意……

不。

（辦得到的話，我也想跟妳在一起啊。但我更希望妳可以過著幸福的人生。然後那段人生中，我不在會比較好。）

我明知這樣很狡猾，但還是說出了潔絲一定會點頭的必殺臺詞。

（這是我最後的願望。聽我說吧，潔絲。國王的邀請是我跟妳好不容易抓住的機會。希望妳不要糟蹋這個機會。今後妳要靠自己的力量獲得幸福。）

強烈的風吹過我們之間。

「那就是豬先生真正的願望嗎？」

（……沒錯。）

潔絲還在哭泣。不過，我感受到情勢改變了。

沉默了一陣子之後，潔絲總算開口說道：

「我知道了。這次換我來實現豬先生的願望了呢。」

潔絲從長椅上下來，跪在地面上，用力地抱緊了我。

我與潔絲轉換好心情，快樂地觀光王都。鑿開山脈並列著石造巨大建造物的街道十分壯觀。路上來往的人們穿著漂亮的衣服，大家看起來都很快樂。應該是以耶穌瑪和其夏彼隆的身分，順利到達王都的人們吧。也有年輕男女走在一起。還有很多懷孕的女性。一想到即將誕生的孩子，我就覺得可憐，但我想這個環境還是比外面好很多沒錯。

因為潔絲堅持，我與潔絲兩人並肩在店裡拍了像是照片的東西，請店家幫忙把那影像烙印到小小的玻璃上。潔絲將那玻璃弄成項鍊，非常寶貝似的戴到脖子上。

少女與豬。我心想真是張奇妙的照片。

時候到了。我帶著提不起勁的潔絲到達金之聖堂。

那裡的大廳是用餐房間的兩倍以上大。穿著白色禮服的伊維斯坐在中央的巨大金色寶座上。最後的夕陽從彩繪玻璃照射進來，照亮昏暗的聖堂內。散發花香的煙霧隱約地籠罩著大廳。

「正直且勇敢的年輕人啊，歡迎你來。」

我與潔絲前進到圓頂天花板的底下。

「豬的最後俐落且安詳。你的靈魂會立刻回到原本的世界。我會用魔法親自動手，不會有絲毫疼痛。可以當成是一趟小旅行吧。」

潔絲果然還是忍不住哭了起來。在平靜的聖堂裡，只有抽泣聲空虛地迴盪著。

（在最後那一刻，我們可以待在一起嗎？）

「當然了。潔絲啊，妳陪在他身邊吧。」

潔絲抱住我的脖子，彷彿想說絕不放開我一樣。就像個年幼的小孩一般。

——豬先生是我第一個朋友。

聲音直接傳遞到腦中。一想到再也無法體會這種感覺，果然還是有些寂寞。我原以為可以忍住不哭了，但眼淚果然還是掉了下來。視野因淚水而模糊。

——今後我也會一直記得豬先生。所以求求您——

（我明白。我也一輩子都不會忘記潔絲。）

——您是說……真的吧……？

（真的。我不可能忘記。）

潔絲的嗚咽在聖堂裡迴盪。是太陽沉入山脊嗎？彩繪玻璃的亮度逐漸變弱。

（……妳要幸福啊。）

——是的。

太陽不等人。

（該道別了，潔絲。多保重啊。）

——豬先生也請多保重。

平靜的時間流過。伊維斯緩緩地站起身來。

「再見了。」

可以在耳邊聽見潔絲顫抖的聲音。

鐺——鐺——鐘聲響起。我在最後想看潔絲一眼。

因為被她抱住，我看不見臉。似乎只能看見一根一根的金色秀髮。

我閉上雙眼，感受潔絲的體溫。手的力量。臉頰的柔軟。

然後，所有感覺忽然飄浮到了半空中。

第五章 豬肝記得煮熟再吃

應該說凡事挑戰第三次總會成功嗎？我總算在醫院的床上醒來了。窗外飄著雪。從我因為吃生豬肝而食物中毒後，好像還沒有經過很久的樣子。

周圍的喧鬧聲穿過腦海，我一直失魂落魄似的注視著天花板。過了一陣子後，母親來到病房，說了「你要睡到什麼時候啊，振作一點」這種意思的話，接著很快地辦完手續，打道回府了。

我總算爬起身後，看到點滴管和空調設備什麼的，發現這個世界總之就是東西很多。附近的小桌子上放著朋友們送的慰問品。我拿起一個點心盒，茫然地眺望著塞滿在上面的細小日文字。

我像這樣睡了幾天呢？無論剪下我人生的哪一段期間，應該都不可能有任何經驗可以超越我這幾天感受到的種種吧。

只有喪失感殘留在病房裡。

檢查結束後，醫生說我可以回家了。

回家的路上是孤獨一人。看來街上似乎是聖誕節。但這跟非現充的我沒有關係。聽到電車發車旋律的瞬間，我感覺全身好像要被回到日常生活這個事實壓垮一樣。當我回過神時，已經用袖

子擦拭著淚水了。

我的人生改變了。

因為住院的關係，沒能參加必到的考試，確定留級了。

但也不全是些壞事。我把因為生吃豬肝而住院結果要留級的事實加油添醋地在推特上發文後，在燒起來的同時多了三千轉推和五千讚，成功滿足了我想獲得認同的慾望。

儘管如此，喪失的痛楚依舊無法痊癒。我甚至會在旅途中的店家和報紙角落尋找潔絲的痕跡，總覺得我的心還被囚禁在那個世界——被囚禁在梅斯特利亞。

此外，我現在一看到愛情劇，就會立刻哭出來。這點讓阿宅朋友們覺得非常有趣，我的交流圈逐漸擴大開來。有人拍攝了我在朋友家看到動畫電影的光碟就當真哭出來的模樣，那部影片在推特上轉眼間就獲得五萬轉推。大力稱讚我的回覆如雪片般飛來，像是「普通地笑出來了」、「讓人無法討厭的阿宅」、「朋友裡頭有這種人的話一定很好玩」、「感覺可以當奧運的播報員」等等。

果然阿宅不是該談戀愛的生物。在我進行阿宅活動時，開始覺得那果然只是一場美夢，在內心了結這件事。四眼田雞的瘦皮猴混帳處男，無論發生什麼事情，都不會與比自己小的金髮美少女結合。

不過，我想說至少當作追悼，把我在梅斯特利亞的冒險故事寫成小說，上傳到KAKUYOMU這個網路小說投稿網站。

把我跟潔絲妹咩嚄嚄的每天用高格調的優美文筆譜寫出來的那部作品，似乎有不少人閱讀，稍微獲得了一點評價。每篇故事也能收到留言呢。真的很感謝捧場閱讀的人。

嗯，總而言之，最後我想告訴各位的只有一件事。

——豬肝記得煮熟再吃。

不然會肚子痛得要死，鬧到要住院，還會作奇怪的夢打亂人生的步調。因為會有很難受的體驗，記得豬肝一定要煮熟再吃啊。知道了嗎，諸位。

我再次強調，這可不是在搞笑啊。豬肝記得煮熟再吃。

我現在也會感受到那種彷彿腹部要撕裂開來的感覺。會思念也不曉得是否真實存在，再也見不到的少女，然後眼淚一直停不下來。

不想有這種體驗的話，豬肝記得煮熟再吃。

跟大哥哥約好嘍。

就這樣某一天。時間來到三月，春天的氣息逐漸散發芳香時——

我的推特帳戶……

——我看了小說。方便的話，可以私訊您嗎？關於內容我有事想說。

收到了這樣的回覆。看對方的個人檔案，似乎是個自律地進行著阿宅活動的男性社會人士。為什麼要特地私訊講啊？儘管我感到有些疑惑，但覺得也許能聽到小說的感想，便開始與他用私訊交流。

不過，我的預測落空了。那個人草草提了一下小說的話題，就開始說想要直接見面聊聊。他說因為是很重要的事情，希望我跟他見個面，他願意請我吃聖代。

是因為平常就會進行阿宅活動的緣故嗎？我對跟在網路上認識的人實際碰面這件事，並沒有很強烈的抗拒感。他傳了據說要將近兩千圓的豪華聖代照片給我，又說了「忠於自己的慾望吧」這種話邀請我，結果我決定去見那個人了。

約好碰面那天，在咖啡廳出現了三個人。跟我聯絡的男性——是個長臉且留著鬍子，戴著黑框眼鏡，感覺很和善的阿宅。他說他是機械系的工程師。接著是女大學生——她留著短鮑伯頭，戴著紅框眼鏡，是個愛笑的阿宅。然後是男高中生——他皮膚很白，戴著度數很深的眼鏡，是個感覺很會念書的阿宅。

只有戴眼鏡的阿宅啊。

不過，這倒無所謂。一邊吃著巨大聖代一邊聊天時，我得知了三人對我的小說內容異常熟悉。不，不只是熟悉了。他們還擅自加油添醋，甚至講起我不曉得的內容。

「北部宣言要獨立，想推翻王朝——」

「耶穌瑪狩獵者的勢力巨大化——」

「諾特被抓住，送到鬥技場——」

我陷入混亂，從途中開始已經不是吃聖代的時候了。

然後我總算察覺到這三個阿宅都主張著他們是從梅斯特利亞回來的人。在話題途中，不知何故諾特似乎變成了超級名人。

鬍子臉的男性這麼說道。為了保護耶穌瑪，需要豬的力量。革命者諾特需要豬。我茫然地發著呆，無法看透這究竟是夢還是現實，或是一場騙局呢？

但男性說的話讓我不禁點了點頭。男性的說明讓我的上半身向前傾。他令人震撼的邀請，讓我的手用力地被緊握住。炙熱的血液在全身循環，煮熟我的肝臟。

男性用認真的表情這麼說了。

「我們一起回去梅斯特利亞吧？」

後記

各位讀者幸會，我名叫逆井卓馬。感謝各位購買書名這麼奇怪的小說。出版時沒有變成《關於我轉生變成豬這檔事》或《我想吃掉豬的肝臟》這些感覺會暢銷的書名，我感到非常高興。

這本小說承蒙第26屆電擊小說大賞的各位評審委員、能幹的阿南編輯大人、ㄔ申插畫家遠坂老師以及各方人士協助，才得以像這樣送到各位讀者手上。在此由衷地向各位致上十二萬分的感謝。

最後請讓我稍微聊一下自己的身世。

我有個很喜歡的祖母。以前我常到祖母家玩。祖母非常溫柔，不管年幼的我提出什麼任性的要求，都會答應我。即使在我已經就職的現在，和祖母一起去吃晚餐時，她總是會說「我真的很高興你來看我喔」之類的話，以專家的手法妨礙我掏出錢包。

這樣的祖母開銷非常大。關於這點就不具體說明。不過……舉例來說，像是必須使用難懂又不是很清楚的服務時，或是有人提議新的生活型態時，或是親切的店員推薦非常方便的加購商品時。

這世上確實存在著一種巨大的力量，企圖壓榨善良的人。我為何會在這裡——在這個有點色色的異世界打情罵俏奇幻故事的後記寫下這樣的事情，我想閱讀了本文的讀者應該能夠隱約理解原因。

雖然寫了一本正經的事情，但我這份心意應該是不會傳遞給祖母本人吧。呃，祖母非常健康。只不過思考到祖母在書店購買這本有點色色的異世界打情罵俏奇幻故事的可能性時，我總覺得不可能發生那種事。要是祖母問我「『妹咩』是什麼意思呀？」我也很傷腦筋。

不過至少希望這份心意能夠傳達給各位讀者。

世界變得愈來愈艱難、愈來愈複雜。惡意和貪婪會巧妙地躲藏在那縫隙間，同時針對善良的人們下手。沒有任何外掛技能的話，或許很難改變這樣的世界。但是，如果只是陪伴在儘管身陷惡意當中仍會忍不住點頭的人們身旁，並守護他們的幸福，我想這點小事我們應該也辦得到。

拯救現代社會的無聲犧牲者——善良的沒問題先生的人，說不定就是你。

（那……那個……如果出了第二集，請務必捧場一下……雖然在後記寫了超級耍帥的內容，但我打算本文要好好認真地繼續描寫有點色色的異世界打情罵俏奇幻故事……還請多多支持……）

二〇二〇年二月　逆井卓馬

你喜歡的不是女兒而是我!? 1 待續

作者：望公太　插畫：ぎうにう

單戀對象居然是青梅竹馬的媽!?
悖德（？）與純情交織的愛情喜劇，即將開演！

我，歌枕綾子，3×歲。升上高中的女兒最近和青梅竹馬的少年阿巧最近關係不錯……咦？阿巧有話要跟我說？哎呀討厭啦，和我的女兒論及交往好像太早──「……我一直很喜歡妳，請跟我交往。」咦？鄰家男孩迷戀的居然是我這個當媽的？不會吧！

NT$220/HK$73

THE KING OF FANTASY 八神庵的異世界無雙

看到月亮就給我想起來！ 1 待續

Kadokawa Fantastic Novels

作者：天河信彥　監修：SNK　插畫：おぐらえいすけ（SNK）

融合八神庵與奇幻世界的
嶄新KOF小說，在此降臨！

與宿敵草薙京決戰之末——八神庵轉移到了異世界。於該地順水推舟救起一名女騎士，亞爾緹娜的庵，在她慫恿之下出場參加比武大會。而這只不過是以艾薩加公國為舞台所展開的冒險與激鬥之序章。KOF人氣男角用紫炎將異世界燃燒殆盡的禁斷奇幻小說！

NT$220/HK$73

國家圖書館出版品預行編目資料

豬肝記得煮熟再吃/逆井卓馬作；一杞譯. -- 初版. --
臺北市：臺灣角川股份有限公司, 2021.05-
冊；　公分
譯自：豚のレバーは加熱しろ
ISBN 978-986-524-421-7(第1冊：平裝)

861.57　　110003671

Kadokawa Fantastic Novels

豬肝記得煮熟再吃 第1次

（原著名：豚のレバーは加熱しろ）

2021年5月26日 初版第1刷發行

作　者：逆井卓馬
插　畫：遠坂あさぎ
譯　者：一杞

發行人：岩崎剛人
總編輯：蔡佩芬
編　輯：邱瓈萱
美術設計：莊捷寧
印　務：李明修（主任）、張加恩（主任）、張凱棋

發行所：台灣角川股份有限公司
地　址：105台北市光復北路11巷44號5樓
電　話：（02）2747-2433
傳　真：（02）2747-2558
網　址：http://www.kadokawa.com.tw
劃撥帳戶：台灣角川股份有限公司
劃撥帳號：19487412
法律顧問：有澤法律事務所
製　版：尚騰印刷事業有限公司
ISBN：978-986-524-421-7